W0314906

YOU CALL MY NAME

Ein italienischer Sommer

KAJSA ARNOLD

Tresjoli

Deutsche Erstausgabe

1. Auflage

Covergestaltung: Andrea Wölk

Unter Verwendung folgender Fotos:

©Claudio.arnese by Getty Images

Kajsa Arnold c/o Andrea Wölk,

Lutherstr. 16, 46414 Rhede

www.mybooklove.de

1

Kapitel

l'estate

Nur mit Mühe schafft es der altersschwache Fiat 500 den kleinen Berg hinauf. Die Räder drehen durch, sobald er die Kuppe überwunden hat und es leicht bergab geht. Rutschend kommt er vor dem kleinen Steinhaus zum Stehen.

»Sieht doch klasse aus«, urteilt Sebastian, der den Kopf aus dem kleinen Fenster steckt. Dass er überhaupt in den Kleinwagen passt, mit seinen einen Meter neunzig, ist ein wahres Wunder. Eigentlich war es mein Plan, alleine zwei Wochen Urlaub in Italien zu verbringen, doch Sebastian hat sich spontan dazu entschlossen, mitzufahren.

Seine Reisetasche hat gerade noch so Platz gefunden.

Keine Ahnung, warum ich drei Koffer brauche, für zwei Wochen Urlaub. Mein erster Urlaub nach fünfzehn Jahren. Martin war kein Typ für Urlaub gewesen. Er hat mich davon abgehalten, die Welt zu erkunden. Für ihn war es nur zu Hause am schönsten. Langweilig und eintönig. Nun sind Martin und meine sechszehn Jahre Ehe Geschichte. Er hat eine zwanzig Jahre ältere Frau gefunden, die ihn hegt und pflegt, wie eine Mutter ihr Kind. Seine Hemden bügelt, statt sie in die Reinigung zu geben. Ihm Essen kocht, statt ins Restaurant zu gehen.

Nach einem Jahr der Trennung, empfand ich es als eine Art Befreiung, nun allein durchs Leben streifen zu können. Nach drei Jahren Scheidung fühle ich mich so wohl wie nie zuvor.

»Wollen wir uns das Haus erst einmal von innen ansehen, bevor wir auspacken?«, fragt Sebastian und faltet sich aus dem Wagen. Hätte ich eher gewusst, dass mein Sohn mich begleiten will, hätte ich einen größeren Wagen gemietet, doch so war die Wahl auf einen kleinen Fiat gefallen, weil ich dieses Auto liebe. Nachdem wir in Rom gelandet waren, gab es keinen anderen, mit dem wir hätten tauschen können. Also haben wir mit viel Mühe das Gepäck und Sebastian hineinverfrachtet.

Ich blicke an dem zweistöckigen Sandsteinhaus hinauf. »Ja, lass uns mal nachsehen. Der Vermieter schrieb, dass der Schlüssel unter dem Blumentopf links neben dem Eingang liegt.«

Der Eingang ist von Oleanderbüschen gesäumt, deren

dunkelrote Blüten sich willig der Sonne entgegenstrecken und einen feinen Duft verströmen. Von Außen sieht das Haus aus, als hätte es einen neuen Anstrich nötig, doch durch seinen rissigen und leicht bröckelnden Putz und der von der Sonne verblassten Farbe, hat es auch einen gewissen Charme, dem ich mich nicht entziehen kam. Es gefällt mir mehr, als ich zugeben will.

Die Tür ist überraschenderweise offen. Als ich die Eingangshalle betrete, verstärkt sich meinen Eindruck. Dies hier ist eine Perle, deren Schönheit sich erst auf dem zweiten Blick erschließt. Die Böden und auch die Treppe in das Obergeschoss sind mit Terrakotta ausgestattet. Der rostrote Ton passt gut zu dem gelben Anstrich der Wände. Hier und da blättert die Farbe bereits ab und der weiße Putz stiehlt sich hervor. Vereinzelt hängen alte Gemälde. Nichts Wertvolles, aber alt und schön.

Die Küche ist groß und quadratisch angelegt, in deren Mitte ein großer Herd und viel Arbeitsfläche auf sich aufmerksam machen. Kupferne Töpfe hängen an Haken von der Decke herab. Auf der Arbeitsfläche gibt es Körbe mit Obst, Gemüse und Knoblauch. Alles frisch, so wie es aussieht.

»July! Komm mal hoch, das musst du dir ansehen.«

Verdammt, wie oft habe ich Sebastian gesagt, er soll mich Mutti nennen, doch seit er denken kann, ruft er mich July, seine Koseform von Julia. Ich denke, das wird sich wohl auch in Zukunft nicht mehr ändern.

Mit schnellen Schritten laufe ich die Treppe hinauf,

deren Stufen hier und da angeschlagen sind. Der Handlauf besteht aus schwarzen Schmiedeeisen, der ebenfalls einen neuen Anstrich gebrauchen könnte. Oben angekommen teilt sich der Flur in zwei Flügeln. Was man von außen nicht sieht, das Haus ist größer als man denkt. Ein separater Flügel schließt sich auf der linken Seite wie bei einem L an.

»Wo bist du?«, rufe ich, weil von dem Flur eine Menge Türen abgehen.

»Hier!«

Ich folge der Stimme meines Sohns auf der rechten Seite des Flurs und am Ende steht eine Tür offen und Tageslicht erhellt den Gang.

»Sie dir das an!«

Sebastian steht auf dem Balkon, der zu diesem Zimmer gehört, hat die Hände in die Hüften gestemmt und starrt in Richtung Meer.

Als ich seinem Blick folge, schnürt sich mir die Kehle zu. »Wow«, sage ich leise und lasse meinen Blick schweifen.

»Schau mal, da hinten, ganz weit draußen, das ist Korsika.« Sebastian zeigt in die Ferne und seine Wangen glühen. Das passiert immer, wenn er aufgeregt ist, schon als er ein kleines Kind war, war das so und auch das wird sich nicht ändern. Er ist viel zu schnell erwachsen geworden. Was mir wieder mein eigenes Alter in den Sinn ruft. Mit dreiundvierzig komme ich mir uralt vor.

»Ich schau mich mal im Garten um«, ruft Sebastian und läuft auch schon die Treppe ins Erdgeschoss hinunter. Er ist groß und sportlich und immer in Bewegung. Ich schüttele nur lachend den Kopf und gehe ebenfalls zurück in den Flur.

Abrupt bleibe ich stehen und stoße einen kleinen Schrei aus, als ich eine Bewegung am anderen Ende des Flurs wahrnehme und einen Mann dort im Türrahmen zum letzten Zimmer stehen sehe.

»Scusi, ich wollte Sie nicht erschrecken«, sagt er und kommt langsam auf mich zu.

Er wischt seine Hände an einem Lappen voller Farbspritzer ab und trägt ein Unterhemd, das ebenfalls mit Farbe beschmiert ist. Sein Bart, der bereits an einigen Stellen weiß ist, die Haare etwas zwischen schwarz, grau und weiß, so genau kann ich das gar nicht sagen, denn dort gibt es auch Farbspritzer, machen es mir schwer sein Alter zu schätzen. Seine dunkelbraunen Augen mustern mich neugierig.

»Bruno Christo. Sie müssen Julia sein.« Er kommt auf mich zu, streckt mir die Hand entgegen.

Erleichtert atme ich aus. »Ah, Sie müssen unser Vermieter sein.«

Er nickt. So aus der Nähe betrachtet schätze ich ihn auf irgendetwas zwischen fünfzig und sechzig.

»Ich habe nicht gewusst, dass Sie heute schon ankommen«, erklärt er im ausgezeichneten Deutsch. In der Internetanzeige hatte gestanden, dass der Besitzer einige Jahre in Deutschland gelebt hat.

»Doch wir sind schon da. Ich habe kurz entschlossen

meinen Sohn mitgebracht. Da das Haus drei Schlafzimmer hat, denke ich, dass es kein Problem darstellt, oder?«

Er schüttelt den Kopf und bleibt dicht vor mir stehen, mustert mich neugierig. Er ist einen ganzen Kopf größer als ich. »Nein, überhaupt kein Problem. Ich hoffe, es ist kein Problem, dass ich mein Atelier hier im Haus nutze. Ich hatte vor, in Rom zu bleiben, aber es gab einen Wasserrohrbruch in dem Haus, so dass ich dort kein fließendes Wasser habe.«

»Oh, ich hoffe, Ihrer Wohnung ist nichts passiert.«

»Nein, nein, bei mir ist alles trocken geblieben, die Wohnung unter mir hat es getroffen. Aber wie gesagt, es gibt für einige Zeit kein fließendes Wasser und das kann hier in Italien dauern.«

»Dann wohnen Sie also auch hier?«, frage ich überrascht nach.

»Ich werde im Atelier schlafen, es liegt am anderen Ende des Hauses und ich werde Sie nicht stören.«

»Mein Sohn und ich brauchen nur jeder ein Schlafzimmer, wie gesagt, da das Haus ein drittes besitzt, schlafen Sie doch dort«, schlage ich vor. »Mich stört es nicht. Es ist schließlich ihr Haus und … ein Notfall.«

Er geht nicht näher auf meinen Vorschlag ein, denn eine Frau erscheint an der Tür zum Atelier. »Bruno! Brauchst du mich noch, oder kann ich gehen?«, fragt sie genervt.

Ich starre die Frau wie eine Erscheinung an, denn sie ist komplett nackt. Vom Alter her könnte sie meine Tochter sein. Ihre Haut ist makellos und gebräunt, das schwarze

Haar hängt ihr bis auf die Hüften. Sie bewegt sich vollkommen ungeniert.

»Du kannst gehen, Letizia. Komm morgen um die gleiche Zeit wieder«, erklärt Signore Christo mir sonorer Stimme. »Ich bin Maler«, sagt er leise, sieht mich an, »und male Akte. Sie würde ich auch gerne malen.«

Ich stoße ein heiseres Lachen aus. »Ja, wenn Sie ein Rubens werden wollen. Ich habe kaum die passende Maße, um als Model herzuhalten«, erkläre ich belustigt und steige die Treppe hinunter. »Ich werde mal das Gepäck holen.«

ALS ICH MIT meinen Koffern dem Eingang entgegenlaufe, kommt Letizia leichtfüßig die Treppe herunter und verlässt das Haus. Jetzt trägt sie ein buntes Sommerkleid. Ich vermute mal, dass sie darunter keine weitere Wäsche trägt. Das Mädchen ist eine Schönheit. Wer fragt da schon nach Unterwäsche?

Mit großer Mühe trage ich das Gepäck in die obere Etage. Warum habe ich auch so viel eingepackt? Da von Sebastian nichts zu sehen ist, entscheide ich allein, dass ich das Zimmer mit dem wundervollen Ausblick auf das Tyrrhenische Meer beziehe. Santa Marinella ist ein kleiner Badeort, ungefähr sechzig Kilometer von Rom entfernt. Ich hatte mich kurzfristig entschlossen, hier Urlaub zu machen, weil ich das Ferienhaus im Internet entdeckt und mich augenblicklich verliebt hatte. Dass es viel zu groß für mich allein ist, ist mir egal. Letztendlich hat Sebastian sich mir angeschlossen und jetzt scheint auch noch Bruno Christo hier zu wohnen. Was für ein bunter Haufen. Aber für vierzehn Tage wird es schon klappen, ich werde diesem Mann einfach aus dem Weg gehen.

»July!«, höre ich die Stimme meines Sohnes, der kurz darauf am Türrahmen erscheint.

»Hör mal, ich werde mit Lorenzo nach Civitavecchia fahren.«

»Wer ist Lorenzo?«, frage ich überrascht.

»Er wohnt in dem Gästehaus auf dem Grundstück«, erklärt Sebastian, als müsse ich davon Kenntnis haben.

»Lorenzo ist mein Enkel. Er bewohnt die kleine Hütte am Ende des Grundstücks.« Bruno Christo steht plötzlich ebenfalls in meinem Schlafzimmer. Mittlerweile trägt er ein frisches Unterhemd und hat sogar ein kurzärmeliges Hemd übergezogen, dass jedoch offensteht.

»Hallo, ich bin Sebastian, Julias Sohn.« Er hält Christo die Hand entgegen.

»Ciao, ich bin Bruno.«

»Wie kommt ihr denn dorthin?«, will ich wissen.

»Ich habe eine altes Vespa, die ihr nutzen könnt«, berichtet Christo.

»Brauchst du Geld?« Ich sehe meinen Sohn fragend an.

»Nein, July, Papa hat mir Taschengeld mitgegeben.« Er küsst mich auf die Wange und ist auch schon verschwunden. Dabei hätte ich mir diesen Lorenzo gerne mal angesehen.

»Puh!« Ich wische mir über die Stirn. Mir ist warm und

ich habe gehofft, dass Sebastian mir mit dem Gepäck helfen würde.

»Sie sind verheiratet?«, fragt Bruno Christo gelassen.

»Ich war es. Wir sind bereits seit drei Jahren geschieden. Mein Mann hat mich wegen einer zwanzig Jahre älteren Frau verlassen«, gebe ich preis und lache darüber.

»Stupido, was für ein Idiot«, knurrt Bruno und schüttelt den Kopf. »Geben Sie mir Ihre Autoschlüssel, ich hole den Rest. Im Übrigen brauchen Sie Ihr Auto hier nicht abzuschließen.«

Minuten später kommt er zurück und legt den letzten Koffer auf dem Bett ab. Sebastians Tasche verschwindet in einem Nebenraum.

»Was schleppen Sie da alles mit?«, fragt er. »Steine?«

»Nein, ich habe meine eigene Wäsche dabei. Bettwäsche und Handtücher. Ich benutze nur ungern die Wäsche fremder Leute«, erkläre ich und bemerke, wenn man es laut ausspricht, wie bescheuert sich das anhört. Christos Blick sagt mir auch sofort, wie bescheuert. Da er so viel größer ist als ich, sieht auf mich hinunter.

»Sie sollten ihre Sachen lassen, wo sie sind. Unsere Wäsche duftet nach Sonne, Meer und Freiheit. Schlafen Sie eine Nacht darin und Sie werden es verstehen.«

Ich blicke auf die reinweiße Wäsche, mit der das Bett bezogen ist. Nun, zumindest sieht es sehr sauber aus.

»Maria kommt zwei Mal in der Woche. Sie putzt und wechselt die Wäsche«, erklärt er und lehnt sich an die

Wand, schiebt sich eine Zigarette zwischen die Lippen, steckt sie aber nicht an.

»Na gut. Ich werde es versuchen«, gebe ich nach.

»Va bene. Kommen Sie mit in die Küche. Sie haben sicherlich Hunger. Auspacken können Sie später noch.« Bruno geht voraus und nach wenigen Sekunden folge ich ihm. Seine Worte sind mürrisch und nicht sehr freundlich, doch ich gehorche. Ich habe schließlich Urlaub, da muss nicht alles nach Plan laufen.

»Kann ich Ihnen helfen?« Ich krempele die Ärmel meiner roten Bluse auf.

»Sie können schlecht abschalten, oder?« Bruno sieht mich aus seinen dunklen Augen an. Er mag schon älter sein, doch seine Augen sind die eines jungen Mannes. Nein, eher die eines wissenden Mannes. Er hat schon so einiges gesehen, da bin ich mir sicher.

Ich lächele schwach. »Sie haben recht. Es fällt mir wirklich schwer. Vermutlich liegt es daran, dass ich sechszehn Jahre für alles allein verantwortlich war.«

»Setzen Sie sich und erzählen Sie mir etwas über sich.« Er deutet mit einem kleinen Messer, dass er dazu benutzt, eine Avocado zu schneiden, auf einen Hocker, der vor dem Küchenblock steht.

Ich setze mich. Keine Ahnung, warum ich immer genau das tue, was er will. Das ist mir fremd.

»Julia Sander. Geschieden, dreiundvierzig Jahre alt und ich komme aus Hamburg. Nicht gebürtig. Ich bin in der

Nähe von Düsseldorf aufgewachsen, doch beruflich hat es mich in den Norden von Deutschland verschlagen.«

»Erstaunlich, dass für Sie wichtig ist, dass sie geschieden sind, als wie alt Sie sind«, brummt er.

»Ist das so?« Das ist mir noch nie aufgefallen.

»Ja, Sie erwähnen es direkt nach Ihrem Namen. Als wäre es sehr wichtig für *Sie*.«

Ich hebe die Schultern. »Ja, vermutlich ist es das auch. Wissen Sie, ich wollte im Leben immer nur eines – glücklich verheiratet sein, eine Familie für mein Kind. Doch was habe ich bekommen? Einen Mann, der an einer narzisstischen Persönlichkeitsstörung leidet und mir das Leben zur Hölle gemacht hat. Dass ich jetzt geschieden bin, ist zwar traurig, aber für mich die Chance eines Neuanfangs.«

»Was machen Sie beruflich, Julia?«

Er spricht meinen Namen auf eine sehr seltsame Weise aus. Es hört sich wie ein Hauchen an, dass auf eine Art sehr sexy klingt. Ich muss innerlich lachen, über so einen Gedanken. Wie kann mein Name sexy klingen?

»Warum lächeln Sie?«

Brunos Stimme reißt mich aus meinen Gedanken. »Ähm, ich bin Chefredakteurin einer Modezeitung. Ich denke nicht, dass es in ihren Augen etwas ist, das man bewundern sollte.«

Bruno gibt die Stücke der Avocado in eine Schüssel, zerteilte sie mit einer Gabel und nimmt sich dann zwei Tomaten, die er in kleine Stücke schneidet.

»Woher wollen Sie wissen, was ich denke? Wir kennen uns kaum.« Er sieht mich fragend an.

»Dafür, dass wir uns kaum kennen, scheinen Sie schon viel über mich zu wissen und ich so gut wie gar nichts über Sie, außer, dass Sie Maler sind.«

Er kommt um den Arbeitsblock herum und reicht mir die Hand. »Bruno Christo, Maler und Bildhauer, achtundfünfzig Jahre alt, in Santa Marinella geboren und hier werde ich wohl auch sterben. Keine Ehefrau, keine Kinder, aber einen Blick für die innere Schönheit von Frauen.«

»Aber Sie haben einen Enkel, wie kann das sein, wenn Sie keine Kinder haben?«, frage ich überrascht und lasse die ergriffene Hand wieder los, weil die Berührung mir zu intim vorkommt.

»Ich habe gelogen. Lorenzo ist der Enkel meines besten Freundes. Er ist bereits verstorben, darum kümmere ich mich um den Jungen.«

»Warum haben Sie das getan! Das durften Sie nicht«, rufe ich aufgebracht.

Dass er über mich lacht, macht die Situation noch schlimmer. »Julia, wie alt ist Ihr Sohn? Siebzehn, achtzehn?«

»Neunzehn«, gebe ich leise zu und mir wird klar, worauf dieses Gespräch hinausläuft.

»Glauben Sie nicht, dass er in der Lage ist, allein auf sich aufzupassen, in einer Stadt, die gerade mal fünfzigtausend Einwohner hat?« Bruno sieht mich nicht an, sondern konzentriert sich darauf, Knoblauch in sehr feine Stücke zu schneiden und ist auch noch sehr geschickt dabei. Er macht das so routiniert, dass ich denke er kocht oft und gerne. Er hat schöne Hände. Lange Finger, kraftvoll, saubere Nägel und leicht behaart. Wenn es etwas gibt, dass ich an Bruno Christo mag, sind es seine Hände.

»Sie haben recht, ich bin eine Glucke«, gebe ich zu.

»Gucke?« Er sieht mich fragend an.

»Eine Glucke, das ist ein … Mutterhuhn. Sebastian würde es Helikoptermutter nennen, Sie wissen schon.« Ich simulierte Rotorblätter über meinem Kopf.

Bruno nickte zustimmend. »Deshalb habe ich gelogen. Ihr Sohn wird seinen Spaß haben, glauben Sie mir, und Sie sollten auch Ihren Spaß haben. Hier, tragen Sie die Guacamole in den Garten und decken Sie dort den Tisch für zwei. Ich hole das Brot und das Huhn aus dem Ofen.« Er beugt sich zum Backofen hinunter und ich habe mich schon gewundert, woher dieser köstliche Duft stammt.

2

Kapitel

Salute

Sebastian hält sich an Lorenzos Hüften fest, der wie ein Verrückter durch die Straßen von Civitavecchia fährt. Der laue Wind weht durch sein Haar, das er bis zu seinen Schultern trägt. Julia bittet ihn immer wieder, endlich mal einen Friseur aufzusuchen, doch er denkt gar nicht daran. Nachdem er endlich sein Abitur hinter sich gebracht hat, steht ihm die Welt offen. Das sagt ihm zumindest sein Gefühl und er wird ganz sicher nicht seinen ersten Schritt für einen Friseursalon vergeuden.

»We're almost there«, ruft Lorenzo ihm über seine Schulter zu und hupt ausgelassen. Er spricht kein Deutsch, aber sie verständigten sich auf Englisch. Als Sebastian

Lorenzo am Pool hinter dem Haus traf, waren sie sofort auf einer Wellenlänge. Sie sind ungefähr gleichalt und Sebastian ist froh, dass er jemand in seinem Alter getroffen hat und nicht vierzehn Tage allein mit seiner Mutter verbringen muss.

Er lacht laut. Die Vespa ist ganz schön schnell, aber anscheinend nimmt niemand Notiz davon.

Vor einer kleinen Bar halten sie und Lorenzo stoppt den Motor, wartet bis Sebastian absteigt, um dann selbst abzusteigen.

»Der Klub ist der Wahnsinn! Du wirst begeistert sein.«

Sie zahlen den Eintritt, bekommen einen Stempel auf den Handrücken, und schlagen sich durch die Menge zur Bar durch.

»Was trinkst du?«, fragt Sebastian.

»Ich muss noch fahren und nehme eine Coke.«

Sebastian bestellt zwei bei der Barkeeperin. Sie sieht ihn lächelnd an. »Bist du überhaupt schon achtzehn, dass du hier reindarfst?«, fragt sie und als er seinen Mund öffnet und wieder schließt, lachte sie laut auf. »Du siehst aus wie ein Fisch auf dem Trocknen. Wo kommst du her?«

»Hamburg. Ich komme aus Deutschland«, ruft er ihr gegen den Lärm der Musik zu.

»Ah, kenne ich. Ich stamme aus München. Lebe aber schon sechs Jahre hier«, sagt sie auf Deutsch und schenkt zwei Gläser ein.

»Ich bin Sebastian.« Er nimmt dankend die Getränke entgegen und reicht eines an Lorenzo weiter.

»Tanja«, ruft sie und nimmt die zehn Euro entgegen, die Sebastian ihr reicht. »Danke«, sagt sie und legt das Geld in die Kasse. Wow! Zehn Euro für zwei Cola, das ist ganz schön happig.

»Ein Bier kostet nur zwei Euro«, sagt Tanja und lacht. Vermutlich hat sie in seinem Gesicht lesen können.

»Gut zu wissen.«

»Machst du hier Urlaub?«

»In Santa Marinella. Ich bin ganz spontan mit meiner Mutter hierhergekommen.«

»Wohnst du bei Lorenzo?«, will Tanja wissen.

»In dem Haus seines Großvaters.«

»Ah okay, du sprichst von Bruno. Der ist nicht sein Großvater, sondern er war der beste Freund seines Großvaters. Lorenzos Großvater ist vor zwei Jahren gestorben.«

»Aha.« Sebastian sieht sich suchend nach Lorenzo um, der ist aber verschwunden. Keine Ahnung, warum Lorenzo das nicht gleich erzählt hat.

»Arbeitest du den ganzen Abend hier?«

Tanja blickt auf die Uhr an ihrem Handgelenk. »Ich hab noch zwei Stunden, wenn du auf mich warten willst?«

Tanja gefällt ihm. Sie ist bestimmt fünf Jahre älter als er selbst, trägt einen modischen Pixiecut, den sie hellblau gefärbt hat. An der Augenbraue glitzert ein Piercing, sie hat ein nettes Lächeln und tolle blaue Augen.

»Gerne, aber ich weiß nicht, was Lorenzo vorhat.« Er sieht sich wieder suchend um.

»Der ist auf der Tanzfläche. Den siehst du so schnell

nicht wieder. Wenn er erst einmal tanzt, kann das Stunden dauern.«

»Okay, dann warte ich hier einfach auf dich«, erklärt Sebastian und trinkt einen Schluck von seiner Coke, die einen großen Schuss Rum enthält. Als Sebastian zu Tanja aufschaut, grinst sie wissend und wirft ihm einen Handkuss zu.

ICH BIN MIR SICHER, nie etwas Besseres gegessen zu haben, als dieses Huhn zusammen mit dem Brot und der Avocado Creme, die Bruno frisch zubereitet hat. Ich habe mehr gegessen, als gut für mich ist. Morgen werde ich bestimmt zwei Kilo mehr auf der Waage haben. Dann fällt mir ein, dass es hier wohl keine Personenwaage geben wird, und lehne mich entspannt zurück.

»Wann glauben Sie, kommen die Jungs zurück?«, frage ich Bruno, und trinke einen Schluck Wein. Der Rotwein ist schwer und schmeckt wunderbar, dabei trinke ich nur selten Wein.

»Im Morgengrauen«, murmelt Bruno und schüttet erneut Wein in mein Glas.

»Was? Hoffentlich passiert ihnen nichts.« Ich beginne mir wirklich sorgen zu machen.

»Lorenzo kennt sich hier aus. Er ist hier aufgewachsen. Machen Sie sich keine Sorgen, lassen Sie los, Julia und trinken Sie mit mir.«

»Oh, bitte nicht noch mehr Wein. Ich bin schon ganz

betrunken. Ich trinke nicht oft und vertrage kaum etwas«, gebe ich zu.

»Dann haben wir ja zwei Wochen Zeit, Sie daran zu gewöhnen und eine Weinkennerin aus Ihnen zu machen.« Er lacht und mir gefallen die kleinen Fältchen, die sich an seinen Augen bilden. Seine Augen sind ohnehin etwas Besonderes. Sie wirken so jung. Okay, er ist auch jünger, als ich vermutet habe. Es liegt wohl an seinem Bart, der ihn um so vieles älter wirken lässt.

»Warum haben Sie nie geheiratet, Signore Christo?«, will ich wissen.

»Signore Christo? Das bin ich, wenn mich die Leute von der Bank anrufen. Ich bin Bruno für alle meine Gäste und ich werde Sie Julia nennen.« Er sagt es so bestimmt, dass ich nur zustimmend nicke. »Warum ich nie geheiratet habe? Es gibt zu viele schöne Frauen, ich kann mich nicht entscheiden.« Er lacht tief.

»Aber es muss doch eine Frau in ihrem Leben gegeben haben, die ihr Herz berührt hat.« Ich lasse nicht locker, weil ich mehr über diesen Mann erfahren will.

»Jede Frau berührt mein Herz, selbst Sie, Julia. Ich halte die Ehe für eine Errungenschaft, auf die man gut hätte verzichten können. Warum will man einen Menschen an sich binden, als würde man ihn besitzen wollen? Das habe ich nie verstanden. Die Liebe muss frei sein, um zu gedeihen. Man muss ihr Raum zum Atmen geben. Finden Sie nicht?«

Jede Frau berührt mein Herz, selbst Sie, Julia – was soll

das denn bedeuten? Ich weiß nicht, was ich von Bruno halten soll. Er ist ein Freigeist, ein Künstler, die sehen die Dinge oft ganz anders.

»Ich bin Realistin«, sage ich nach wenigen Sekunden des Überlegens. »Nennen Sie mich dumm, aber ich glaube an die große Liebe, auch wenn ich sie nicht gefunden habe.«

Bruno steckt sich eine Zigarette an und bläst den Rauch in die Luft. Er hat mir ebenfalls eine angeboten, doch ich habe mit einem Fingerzeig abgelehnt. »Sie hören sich an, als hätten Sie mit ihrem Leben bereits abgeschlossen, dabei befinden Sie sich gerade mal in der Mitte. Ihre Blütezeit beginnt doch erst.« Seine Augen mustern mich eindringlich.

Lachend schüttele ich den Kopf. »Das kann auch nur ein Künstler sagen. Ich habe das Gefühl, mein Leben gelebt zu haben. Viel habe ich nicht mehr zu erwarten. Wer schaut schon eine Frau an, die die vierzig überschritten hat. Die meisten Kerle blicken doch nur den Zwanzigjährigen hinterher. Wo der Po noch knackig, und die Brüste fest sind.« Ich verstumme schnell, um meinem Ärger nicht noch weiter Luft zu machen.

»Wenn ich Sie so reden höre, könnte man denken, dass Ihr Mann sie mit einer Jüngeren betrogen hat.« Bruno streicht die Asche der Zigarette in einem Becher ab.

»Nein, es ist genau andersherum. Seine neue Frau ist über sechzig, aber glauben Sie nicht, ich trauere ihm nach. Ich bin sehr froh, ihn los zu sein. Mein Mitleid gilt dieser Frau, ich weiß, was sie jetzt durchmacht und das ist keine schöne Zeit, das können Sie mir glauben.«

»Was hat dann Ihre Welt zum Einsturz gebracht?«

»Sie wollen es immer ganz genau wissen. Ich glaube nicht, dass ich es erzählen möchte. Es ist so, wie es ist. Das muss Ihnen reichen.« Ich habe keine Lust, ihm weiter etwas über mich zu erzählen, denn dafür kenne ich ihn einfach nicht gut genug und selbst dann, weiß ich nicht, ob ich mich so weit öffnen will.

»Ich werde jetzt ins Bett gehen und hoffen, dass Sebastian nichts geschieht. Vielleicht hilft mir der Wein dabei ruhig zu schlafen.«

»Julia, warten Sie, ich begleite sie noch.« Bruno erhebt sich und läuft neben mir her. »Ich wollte Sie nicht verärgern. Mich interessieren Menschen und ich kenne manchmal keine Tabus. Bitte entschuldigen Sie.«

Überrascht sehe ich ihn an. Als ich über eine Baumwurzel stolpere, nimmt er meinen Arm, um mich zu stützen.

»Das hat nichts mit dem Wein zu tun«, sage ich schnell. »Das Licht ist schuld.«

Bruno sieht zu dem hell leuchtenden Mond hinauf. »Sicher. Geben wir dem Mond die Schuld.« Er lächelt.

So nah neben mir, nehme ich seinen Duft nach Zitronen und Moschus wahr, gepaart mit einem Hauch Terpentin.

»Sie sollten sich von Ihrem Bart trennen, es würde ihr Gesicht mehr zu Geltung bringen«, sage ich und bin selbst überrascht, warum ich das jetzt zur Sprache bringe. Wir erreichen das Haus und steigen die Treppe nebeneinander hinauf.

»Vielleicht will ich mich ja vor der Welt verstecken?«, bemerkt er leise.

Ich schüttele den Kopf. »Nein, das glaube ich nicht. Sie sind kein Mann, der sich versteckt. Sie sind ein Mann, der laut ruft: Schaut her, ich bin Bruno!« Ich lache über meine Worte, nur Bruno lacht nicht. Er sieht mich an und seine Augen funkeln auf eine seltsame Weise.

»Schlafen Sie gut, Julia. Und träumen Sie etwas Schönes. Denken Sie daran, der erste Traum in einem neuen Bett geht in Erfüllung.« Dann beugt er sich zu mir herunter und küsst meine Wange. Ganz sanft, trotzdem spürte ich seine Lippen immer noch, nachdem sich die Tür hinter ihm geschlossen hat.

»Und wechseln Sie auf keinen Fall die Bettwäsche«, ruft der durch die geschlossene Tür.

»Nein, werde ich nicht«, murmele ich. Dazu bin ich auch gar nicht mehr in der Lage, denn der Wein lässt mich einfach ins Bett fallen.

HÄNDE DIE MEINEN KÖRPER BERÜHREN, wecken mich. Warme Hände. Große Hände. Raue Hände. Hände die es gewohnt sind, hart anzupacken. Ich winde mich, als sie immer höher gleiten und mein Shirt über den Kopf ziehen. »Ja«, hauche ich und spüre einen Körper, der sich warm auf mich legt. Er drückt mich schwer in die Matratze, dann fühle ich Küsse, die meinen Bauch bedecken. Ich hebe den Kopf und lächele, weil es sich so gut anfühlt. Das Kribbeln, das meinen Körper erfasst, schüttelt mich buchstäblich durch. Als Bruno Christos dunkle Augen mich anblicken, halte ich erschrocken den Atem an … und wache auf.

»Mein Gott!«, keuche ich. Was für ein Traum. Ich bin nass geschwitzt, dabei ist es gar nicht so heiß in dem Raum. Das Fenster steht offen und die kühle Nachtluft hat sich angenehm niedergelassen.

Der erste Traum in einem neuen Bett geht in Erfüllung! Brunos Worte hallen in meinem Kopf wider. Du lieber Himmel. Na, da will ich aber nicht hoffen, dass dieser Traum noch in Erfüllung geht. Ich schlage die Bettdecke zur Seite und stehe auf. Widererwartend habe ich gut geschlafen. Sehr gut sogar. Bis auf diesen merkwürdigen Traum. Ich zittere immer noch, wenn ich an diese dunklen, verlangend blickenden Augen denke.

Sebastian! Ich muss nachsehen, ob es ihm gut geht. Ein Blick auf die Uhr sagt mir, dass es schon halb zwölf ist. Mein Gott, wie habe ich nur so lange schlafen können? An allem ist nur dieser verfluchte Wein schuld. Bruno tat dort bestimmt etwas hinein, dass einem die Sinne vernebelt.

Ich ziehe einen dünnen Morgenmantel über meinen kurzen Pyjama, den ich irgendwann in der Nacht gewechselt haben muss.

Ich blicke in das gegenüberliegende Zimmer, doch dort ist niemand. Auch das Schlafzimmer daneben ist leer. Von Sebastians Gepäck keine Spur. Wo hatte Bruno es nur gelassen?

Ich trete auf den Balkon in meinem Zimmer hinaus. Im

Garten ist niemand zu sehen. Mein Blick bleibt wieder an dieser herrlichen Postkartenansicht hängen. Die Sicht bis zum Meer ist klar und die Sonne brennt erbarmungslos vom Himmel, dennoch ist es nicht zu heiß. Das hier ist wirklich der Himmel auf Erden.

Ich mache mich auf die Suche nach Bruno. Irgendjemand muss doch im Haus sein. Ich gehe Richtung Atelier, zum anderen Ende des Flurs. Die Tür ist nur angelehnt und ich höre Geräusche. Dumpfe Geräusche, die mir verraten, dass da jemand ist. Langsam drücke ich die Tür ein wenig auf. Ich bin vorsichtig, denn es ist nicht mein Haus und auch wenn ich es für einige Zeit gemietet habe, so sollte ich nicht herumschnüffeln. Die Scharniere sind gut in Schuss und quietschen nicht. Durch einen kleinen Spalt sehe ich, was die dumpfen Geräusche verursacht. Letizia liegt über einen großen Tisch gebeugt. Sie ist nackt und Bruno steht hinter ihr, ebenfalls wie Gott ihn schuf. Seine verräterischen Bewegungen zeugen davon, dass er sie von hinten nimmt und vögelt. Kleine Laute verlassen ihren Mund, an denen man erkennen kann, dass es ihr mehr als gefällt.

Starr vor Schreck bleibe ich reglos stehen. Wie bei einem Unfall, wo man nicht hinsehen sollte, aber nicht anders kann, blicke ich auf die Szene vor mir. Brunos gebräunter Körper hebt sich von Letizias dunkel ab. Seine Haut ist straff und er sieht sehr fit aus. Er könnte gut als Vierzigjähriger durchgehen. Als mir klar wird, dass ich mich zurückziehen muss, scheint er meine Anwesenheit zu spüren. Bruno dreht seinen Kopf, ohne den Rhythmus zu unterbrechen. Er sieht mir in die Augen und lächelt. Er hat die Frechheit, mir ins Gesicht zu lachen während ich ihn beim Sex beobachte. Mit einer Hand greift er Letizia ins schwarze Haar, zieht ihren Oberkörper näher zu sich, umfasst mit einer Hand ihren Busen und massiert ihn.

»Ja«, keucht Letizia auf. »Ja, Bruno! Fester! Fick mich härter«, ruft sie in ihrer Muttersprache. Ich spreche diese Sprache recht passabel, verstehe sie noch besser.

»Komm für mich, Bella«, knurrt Bruno, ohne mich aus den Augen zu lassen.

Es dauert nur wenige Sekunden, da zuckt Letizia unkontrolliert und ein Orgasmus flutet ihren Körper. Sie stöhnt laut auf, hält ihre Augen geschlossen und genießt jede Sekunde.

Das ist einfach zu viel für mich. Ich drehe mich auf dem Absatz um und laufe in mein Zimmer. Atme hektisch und weiß im ersten Augenblick nicht, was ich tun soll. Dann zerre ich meinen Koffer unter dem Bett hervor und beginne wahllos meine Kleidung hineinzuwerfen.

3

Kapitel

Un secondo

Verflucht!

Wo ist Sebastian nur? Ich will hier weg. Sofort. Meine Atmung geht schnell, ich bin total aufgewühlt. So habe ich mir meinen Urlaub nicht vorgestellt. Ich wollte Ruhe, Abgeschiedenheit, Entspannung. Keine Pornoshow mit Sitz in der ersten Reihe. Im Grunde kann ich nur froh sein, dass Sebastian im Moment nicht im Haus ist.

Als die Tür hinter mir ins Schloss fällt, atme ich erleichtert aus. Da ist er ja.

»Wo warst d…« Ich erstarre, als Bruno sich langsam auf mich zubewegt. Zumindest hat er sich die Mühe gemacht und eine Hose angezogen. Sie sitzt tief auf seinen Hüften und ich erkenne, dass er nur diese Hose trägt. Hält denn hier niemand etwas von Unterwäsche?

»Gehen Sie weg«, hauche ich und weiche vor ihm zurück, weil ich in ihm eine Bedrohung sehe.

»Julia! Was ist nur mit dir passiert, dass du so prüde bist?« Er schüttelt den Kopf.

»Ich wüsste nicht, warum wir uns duzen sollten«, platze ich heraus.

»Ich werde keine Frau Siezen, die meinen nackten Hintern gesehen hat«, erklärt er gelassen.

»Unbeabsichtigt. Glauben Sie nicht, ich hätte es darauf angelegt.« Ich stopfe weiter Sachen in meinen Koffer.

»Letizia ist gegangen. Sie wird auch nicht zurückkehren, ich bin mit meiner Arbeit fertig.«

»Glauben Sie mir, das sind alles Dinge, die mich überhaupt nicht interessieren. Beglücken Sie jeden, der es gerne möchte, aber halten Sie mich da heraus. Ich werde wieder abreisen, dann haben Sie Ihr Haus wieder für sich allein.«

»Ich will nicht, dass du gehst. Julia, sieh mich an.« Er nimmt mir die Bluse aus der Hand, die ich gerade aus dem Schrank gegriffen habe.

Ich atme angestrengt aus. Der Umgang mit Männern, die nicht verstehen wollen, was man ihnen sagt, bin ich gewohnt.

»Ich hoffe, Sie haben wenigstens ein Kondom benutzt«, brumme ich, auch wenn das eine Sache ist, die *mich* nichts angeht.

»Natürlich habe ich das. Letizia hat kein leichtes Leben. Ihr Mann betrügt sie nach Strich und Faden.«

»Was? Sie ist auch noch verheiratet?« Oh Gott, das wird ja immer schöner.

»Ja, sie wurde im Alter von siebzehn Jahren mit einem Mann verheiratet den ihre Familie für sie ausgesucht hat. Er behandelt sie schlecht und betrügt sie, wo er nur kann. Sie wollte sich an ihm rächen und hat mich darum gebeten.«

»Und Sie konnten natürlich nicht Nein sagen.« Ich sehe ihn spöttisch an.

»Hätte ich es tun sollen?«

»Nein natürlich nicht, wenn sich schon so eine Gelegenheit bietet, muss man die Gunst der Stunde natürlich nutzen. Wie hätten Sie?« Meine Stimme tropft vor Ironie.

Plötzlich wird mir klar, was wir hier für ein Gespräch führen. »Wissen Sie, mir ist das alles vollkommen egal. Sie sind mir egal. Ich habe nichts damit zu tun. Sie sind der Mann, der am Ende ein Messer in den Rücken gerammt bekommt, von einem eifersüchtigen Ehemann, der von seiner Frau vor der Familie bloßgestellt wurde. Aber zum Glück sind das alles Dinge, die mich gar nichts angehen. Ich werde meinen Urlaub an einem anderen Ort fortsetzen und die Ruhe genießen, die ich dringend notwendig habe.«

»Du bist wunderschön, wenn du wütend bist. Ich möchte dich malen, Cara mia.« Er drängt mich mit seinem Körper zurück, bis die Wand mich aufhält. Ich wage es nicht, ihn zu berühren, sein Oberkörper ist nackt.

»Tut mir leid«, flüstere ich, »aber ich werde jetzt fahren.«

»Ohne deinen Sohn?« Er hebt eine Augenbraue.

»Wo ist Sebastian?«, will ich wissen und gerate in Panik.

»Mach dir keine Sorgen, meine Schöne. Er ist mit Lorenzo zum Baden ans Meer gefahren. Sie kommen erst heute Abend zurück. Bis dahin haben wir eine Menge Zeit.« Er zeichnet die Linie meines Kinns nach. »So wunderschön.«

Ich bin gefangen zwischen seinem Körper und der Wand, kann mich kaum rühren.

Mein Oberkörper hebt und senkt sich hektisch.

»Mache ich dich nervös? Ich glaube ja. Ich denke, dich hat es angemacht, was du da gerade beobachtet hast. Vielleicht hast du dir gewünscht, an ihrer Stelle zu sein. Habe ich recht?«

Brunos Augen scheinen in meine Seele blicken zu wollen, und ich habe Angst davor, was er zu sehen bekommt.

»Sag es mir. Hat es dich erregt? Wolltest du an ihrer Stelle sein?« Seine Stimme, so tief und eindringlich, raubt mir alle Sinne. Ich bin nicht in der Lage, eine Antwort zu geben. Meine Unterlippe beginnt zu zittern, als er sie mit einem Finger entlangfährt. »Sag es mir, Julia. Willst du, dass ich dich auch so nehme?«

»Ich glaube nicht, dass du schon wieder in der Lage bist«, stoße ich heiser hervor und sehe ihn verächtlich an.

»Ich bin nicht gekommen. Ich habe nur Letizia etwas Freude geschenkt. Doch ich wollte sie nicht, ich will jemand anderen. Ich will mit dir den Himmel erleben.«

Dann begehe ich einen großen Fehler. Ich berühre seine Brust, um ihn von mir zu schieben, doch sobald ich die warme Haut unter meinen Fingerspitzen fühle, habe ich keine Kraft mehr. Seine Brust ist beharrt, zwischen den dunklen Härchen verteilen sich einige weiße Haare. Er ist schlank, aber nicht übertrieben muskulös.

Er sieht an mir herunter und sein Blick bleibt an meinen Brüsten hängen, deren harte Spitzen sich unter dem dünnen Hemdchen, das ich trage, abzeichnen. Mit einer Fingerspitze umkreist er die harten Nippel. »Du wirst mir gehören, davon bin ich überzeugt.«

Ich schließe die Augen. Sein Charisma ist zu stark, ich komme nicht dagegen an. Meine Hände wandern zu seinen Hüften und ohne zu überlegen, streife ich seine kurze Hose ab. Sie landet zu seinen Füßen und er kickt sie einfach weg. Überrascht blicke ich ihn an, als ich seine feuchte Haut unter meinen Händen spüre.

»Ich habe geduscht«, spricht er beruhigend auf mich ein.

Ich schlucke hart, als mir wieder einfällt, warum er das getan hat.

»Vergiss sie. Sie spielt keine Rolle mehr.« Dann beugt er den Kopf und küsst mich.

. . .

SEBASTIAN LÄSST sich nass wie er ist, auf sein Handtuch in den Sand fallen. Neben ihn lässt sich Lorenzo auf seinem Handtuch nieder.

»Das Wasser ist klasse«, ruft Sebastian begeistert. »In Hamburg ist das Wasser der Nordsee immer total kalt.«

»Du wohnst am Wasser?«, fragt Lorenzo überrascht.

Sebastian nickt und angelt sich aus dem Picknickkorb, den Lorenzo mitgeschleppt hat, einen Apfel und beißt gierig hinein. »Ja klar. Hamburg liegt an der Nordsee. Also nicht direkt, sondern an der Elbe, die zur Nordsee führt. Es ist ganz cool dort, aber ich will etwas von der Welt sehen. Paris, New York, Rom.«

»Rom? Wir können zusammen nach Rom gehen. Es sind nur sechzig Kilometer, vielleicht leiht mir Bruno seinen Wagen. Es gibt dort eine Menge Clubs, die du gesehen haben musst.«

Sebastian schüttelt den Kopf. »Meine Mutter würde einen Anfall bekommen. Ich denke nicht, dass sie mich gehen lassen würde.«

»Hey, du bist erwachsen. Du musst es ihr ja nicht direkt erzählen. Vielleicht lenkt Bruno sie ab.« Er grinste vielsagend.

»Wie meinst du das?«

Lorenzo hob die Schultern. »Bruno hat ein Faible für Frauen. Er kann gut mit ihnen umgehen.«

Jetzt lacht Sebastian. »Da kennst du meine Mutter nicht. Die ist immun gegen jede Art von Männern. Mein Vater hat sie ziemlich kaputt gemacht. Ich glaube, sie hasst Männer.«

. . .

MEIN KÖRPER ENTPUPPT sich als mieser Verräter. Doch so einfach gebe ich nicht auf. Nachdem ich auf Brunos Kuss eingegangen bin, zieht er mir das Top aus. Er hebt seinen Kopf und sieht mich neugierig an.

»Du bist wunderschön. Bitte lass mich dich malen.«

Er zeigt mir einen Ausweg aus dieser Situation. Doch gerate ich hier nicht vom Regen in die Traufe?

»Ja«, sage ich schnell. »Okay, ich sitze dir Model.« Keine Ahnung, worauf ich mich da einlasse.

»Dann bedeutet es also, dass du bleiben wirst?« Er sieht mich aufmunternd an und streichelt leicht über meine Oberarme.

»Okay«, gebe ich nach. Für meine Verhältnisse zu schnell, doch Bruno Christo ist kein Mann, der sofort aufgeben würde. Der kein Nein akzeptiert. Also habe ich keine andere Wahl. Ich gebe mich geschlagen.

»Ich werde jetzt erst mal duschen gehen«, erkläre ich entschlossen und Bruno nickt mir zu. »Tu das.« Er geht, angelt seine Hose vom Boden und verlässt das Schlafzimmer. Ich atme angespannt aus und schließe die Augen. Dieser Mann war wirklich eine Urgewalt und ich habe keine Ahnung, ob ich diese überstehen werde.

4

Kapitel

L'antipasto

Es war nicht geplant, dass Julia mich beim Sex mit Letizia beobachtet. Doch das Wissen darum, erregte mich. Julia ist keine Frau, die man an jeder Ecke findet. Sie ist etwas Besonderes, nur weiß sie es anscheinend nicht. Ihre ruppige Art soll mich wohl abschrecken, doch genau dieses Benehmen zieht mich unweigerlich an. Ebenso ihre wunderschönen grünen Augen. Dass sie mir nicht erzählen will, was ihr geschehen ist, macht sie umso interessanter für mich. Ich will sie malen, darauf freue ich mich schon jetzt. Doch erst einmal kümmere ich mich um das Essen für den Abend. Ich beschließe, auf den Markt zu fahren und frage Julia, ob sie mich begleiten will.

»Ja, warum nicht«, gibt sie nach.

Sie sieht umwerfend aus, in ihrem hellblauen Sommerkleid. Es hat weiße Tupfen und lässt sie glatt zehn Jahre jünger aussehen.

»Wir nehmen den Roller«, erkläre ich ihr und sie sieht mich erschrocken an. »Lorenzo hat den Wagen genommen und ist mit Sebastian nach Rom gefahren.«

»Rom?«, ruft sie und ihr Ton ist gefährlich hoch.

»Reg dich nicht auf. Sie übernachten in meiner Wohnung.«

Julia wird ganz weiß im Gesicht. »Ich denke, es gibt dort kein fließendes Wasser«, sagt sie schnippisch.

»Dann baden sie eben im Trevi-Brunnen.«

»Da ist verboten!« Sie ist wirklich auf hundertachtzig.

»Bella, komm her.« Ich ziehe sie in meine Arme und drücke sie an meinen Körper. Ihr feiner Duft nach Vanille und Sonnenschein raubt mir für einen Augenblick den Atem. Ich spüre ihren schnellen Herzschlag. »Du musst lernen loszulassen«, sage ich leise, als sie zu mir aufschaut.

»Aber ich habe Sebastian nicht mehr gesehen, seit wir hier angekommen sind. Ich weiß gar nicht, was mit dem Jungen los ist.«

»Er lebt sein Leben und er genießt es. Und du solltest es auch. Also lass und losfahren. Sobald wir zurück sind ich will dich malen.«

Ihre Lider flattern und ich weiß nicht, ob sie ihre Zusage nicht doch noch zurücknimmt. Aber das werde ich zu verhindern wissen.

Ich nehme ihre Hand und führe sie um das Haus herum.

»Sie haben ja meinen Mietwagen genommen«, stellt sie fest.

»Ja, meiner sprang heute Morgen nicht an. Das tut er selten, der Anlasser ist defekt«, erkläre ich, während ich ihr auf die Vespa helfe.

»Na, dann hoffe ich, dass dieses Ding nicht auch noch den Geist aufgibt.« Sie sieht mich unsicher an und ich könnte sie küssen, lächele aber nur, während ich aufsteige. »Halt dich gut an mir fest«, rufe ich ihr über die Schulter zu.

»Das gefällt dir, was?«, murrt sie, doch kurz darauf spüre ich ihre Hände, die sich um meine Hüften legen und gebe Gas.

Auf dem Markt in Santa Marinella kaufen wir frisches Gemüse. Auberginen, Brokkoli und auch Tomaten und Gurken. Dann überlege ich, ob wir frischen Fisch kaufen, verschiebe das dann doch auf später. Erst führe ich Julia an einen Stand, der frische Antipasti anbietet. In Olivenöl und Knoblauch eingelegte Champignons, Weinblätter gefüllt mit Schafskäse, gefüllte Oliven. Die Auswahl ist reichlich und Rio, der Verkäufer, bietet uns einige Kleinigkeiten zum Probieren an.

»Ciao, Bruno! Wie geht es dir? Ich dachte, du bist den Sommer über in Rom?«, fragt Rio, schaut aber Julia neugierig an.

»Ich habe es mir anders überlegt«, gebe ich vage zurück.

»Hat sie etwas damit zu tun?«

»Nein, *sie* hat nichts damit zu tun«, erwidert Julia an meiner Stelle auf Italienisch und ich grinse schief.

»Du solltest dich in Acht nehmen, Julia ist keine einfache Frau«, sage ich mit einem Lächeln auf den Lippen. »Lass uns von den frischen Oliven probieren.«

Rio reicht uns einen kleinen Teller, auf dem die Oliven mit kleinen Zahnstochern dekoriert sind, und ich schiebe Julia eine davon in den Mund, bevor sie noch etwas sagen kann.

»Kauen und genießen«, weise ich sie an.

»Mhm, die sind lecker«, murmelt sie mit vollem Mund und etwas Öl tropft auf ihre Dekolleté. Bevor sie es bemerkt, beuge ich mich hinunter und lecke den Tropfen auf.

»Du schmeckst einzigartig«, murmele ich leise und schaue ihr tief in die Augen.

Julias Wangen färben sich rot.

»Wir nehmen zwei Dutzend von den Oliven«, bestelle ich bei Rio, der sich sofort ans Werk macht, die Früchte einzupacken. »Und etwas von dem eingelegten Schafskäse.« Ich reiche Rio einen Geldschein, bevor Julia ihre Tasche geöffnet hat.

»Du musst nicht alles bezahlen«, erklärt sie stolz.

»Das werde ich aber«, erwidere ich und grinse breit. Sie wird damit bei mir nicht durchkommen. Ich werde ihren Willen brechen und sie zu einer sanften Frau formen. Einer sanften Frau, die das Leben genießt und mir gehören wird.

. . .

ICH KLAMMERE MICH AN BRUNO. Dieses Höllengefährt ist mir nicht ganz geheuer. Ich bin noch nie auf einem Zweirad gefahren, geschweige denn einer Vespa. Die beige Farbe ist an einigen Stellen schon abgeblättert und der Rost kommt durch, doch ich versuche, Bruno mein Vertrauen zu schenken. Wir haben einen schönen Mittag zusammen verbracht und viel gelacht. Zum Schluss haben wir noch Fisch eingekauft. Einen hässlichen Seeteufel, der uns schielend angesehen hat. Doch Bruno hat mir versprochen, dass er uns wunderbar schmecken wird. Jeder auf dem Markt scheint Bruno zu kennen und grüßt ihn freundlich. Mir hingegen werfen sie neugierige Blicke zu, als hätten sie noch nie eine Frau an seiner Seite gesehen, was ja wohl kaum möglich ist.

Die Rückfahrt geht Bruno gemächlich an. Wir drehen eine Runde um das Castello Odescalchi, eine Burg aus dem 11. Jahrhundert, direkt am Hafen gelegen. Die Stadt ist wirklich sehenswert und es gefällt mir hier. Ich schmiege mich an seinen Rücken, habe meine Hände um seine Hüften geschlungen und lausche seinen Erklärungen. Ich fühle mich wie zwanzig. Dieses Italien macht etwas mit mir, was ich noch nicht in Worte fassen kann. Eine Gelassenheit, die den Italienern scheinbar in die Wiege gelegt worden ist, greift auch auf mich über.

Meine Angst um Sebastian nimmt mit jeder Stunde ab. Er hat mir inzwischen eine Whats-App-Nachricht geschrieben, dass es ihm gut geht und ein Foto, dass ihn zusammen mit Lorenzo Eis essend am Trevi-Brunnen zeigt. Ich weiß, dass es verboten ist, doch anscheinend haben sie nur schnell ein Foto geschossen.

Sobald wir in der Villa ankommen, packen wir die Einkäufe aus, verstauen das Verderbliche in den Kühlschrank. Dann nimmt Bruno meine Hand. »Komm mit«, sagt er nur und führt mich in die obere Etage in sein Atelier.

Ich schaue mich neugierig um. Der Raum ist sehr groß, bestimmt vierzig Quadratmeter. Es gibt drei Staffeleien, eine Menge Bilder, die an den Wänden gelehnt stehen. Einige davon sind noch unvollendet. Ein großer Arbeitstisch ist übersät mit Werkzeugen. Dann gibt es einen Tisch, auf dem ein Steinblock steht. Bruno hat schon mit der Arbeit begonnen, doch es ist noch nicht ersichtlich, was mal daraus werden soll.

Mitten im Raum stehen ein Diwan und ein einfacher Stuhl. Die Gegensätze könnten nicht größer sein.

»Zieh dich aus.«

Ich blicke Bruno erschrocken an.

»Du hast gesagt, dass ich dich malen darf. Das Licht ist noch zwei Stunden gut, das sollten wir ausnutzen.«

»Dazu muss ich mich ausziehen?«, frage ich und komme mir wie ein Tölpel vor.

»Natürlich. Ich male Akte, die sind bekanntlich nackt.« Er lacht leise.

»Natürlich«, murmele ich. »Was ist, wenn die Jungs zurückkommen?«

»Das werden Sie nicht. Lorenzo will Sebastian einige Clubs in Rom zeigen. Die werden wir in den nächsten

Tagen nicht wiedersehen, glaube mir. In Rom gibt es eine Menge zu sehen. Wenn du willst, können wir auch einen Ausflug dorthin machen.«

»Bruno, du musst dich nicht um mich kümmern. Ich will dir deine Zeit nicht stehlen.«

»Das tust du nicht. Ich will meine Zeit mit dir verbringen«, sagt er und zieht sein Hemd aus, das er für unseren Ausflug übergeworfen hat. Als er den Reißverschluss seiner Shorts öffnet, wende ich mich verlegen ab.

»Was machst du?«, rufe ich alarmiert.

»Ich sorge dafür, dass du dich besser fühlst. Wenn du nackt bist, werde ich es auch sein. So bist du nicht die Einzige, die ihre Hüllen fallen lässt.«

Und da soll ich mich besser fühlen? Ich schnappe aufgeregt nach Atem, mir wird ganz warm. Was mache ich hier nur?

Da ich aber nicht als prüde rüberkommen will, öffne ich den Reißverschluss meines Kleides, der an der Seite eingenäht ist. Ich habe das Kleid vor Jahren in einem Rocker Billy Laden erstanden und nie getragen, weil Martin es für einen Witz hielt. Aus einem Impuls heraus hatte ich das Kleid eingepackt, und nun bin ich froh darüber, es mitgenommen zu haben. Ich trage keinen BH und als das Kleid zu Boden fällt und sich zu meinen Füßen bauscht, trage ich nur noch einen knappen Slip.

»Den musst du auch ausziehen.« Er deutet auf das kleine rosa Teil. Da nichts Anzügliches in seiner Stimme liegt, ziehe ich den Slip auch aus. Bruno ist ebenfalls nackt und ich beobachte ihn aus dem Augenwinkel. Sein Körper ist makellos braun, keine Ahnung, wann er die Zeit dafür findet, an seiner Bräune zu arbeiten.

»Komm her. Ich will dich auf dem Stuhl malen. Es ist etwas anstrengend dort zu sitzen und die Position zu halten, aber wir werden genügend Pausen einlegen«, erklärt er mir in aller Ruhe.

»Du machst das sehr professionell«, sagte ich überrascht.

»Alles andere wäre auch wunderlich.« Er sieht mich fragend an, dann meint er: »Du weißt gar nicht, wer ich bin, oder?«

5

Kapitel

Santa Christo il grande

»Bruno Christo«, sage ich langsam und beobachte ihn dabei, wie er zu einer Wand geht und ein Bild hervorholt, das scheinbar fertig ist. Er stellt es auf einer freien Staffelei ab.

Ich trete näher, betrachte das Motiv und es kommt mir sehr bekannt vor. Es stellt ein Madonna Motiv dar. Sie trägt einen enormen Heiligenschein und ist … natürlich nackt. Die Signatur in der unteren rechten Ecke bestätigt meinen Verdacht.

»Du bist Santa Christo? Der Santa Christo? Il grande?« Der Große – wie ihn das Feuilleton der FAZ erst kürzlich gekürt hat.

Er sagt nichts, grinst mich nur an.

Oh. Mein. Gott. Wo bin ich hier nur gelandet. »Das ist kein Scherz?«

Er schüttelt den Kopf. Nein, er würde sich niemals mit fremden Federn schmücken. Seine Werke werden für achtstellige Beträge bei Christies versteigert. Auch wenn man sich nicht für Kunst interessiert, weiß man es. Und dieser Mann will mich malen. Mir wird übel.

»Bruno Christo ist mein bürgerlicher Name«, erklärt er. »Santa Christo bin ich nur in diesem Raum.«

»Du kannst mich unmöglich malen wollen. Schau mich doch an, ich wäre selbst Rubens zu dick«, rufe ich aufgebracht und will zu meinem Kleid, damit ich mich wieder anziehen kann, doch Bruno hält mich auf.

»Cuore mio, was redest du da für einen Unsinn. Du bist genau richtig, so wie du bist. Wer hat dir nur diese Flausen in den Kopf gesetzt.« Er sieht mich an. »Es war dein Mann, dieser Cretino«, schimpft er und sieht irgendwie süß dabei aus.

»Lass mich dich malen, ich bitte dich darum, Julia.«

Die Art, wie er meinen Namen ausspricht, beschert mir eine Gänsehaut und ich gebe nach. Vielleicht zu schnell, aber ich kann nicht anders. Ich erliege seinem Charme, was soll ich machen?

Diese ganze Szene ist so surreal wie seine Bilder. Wir stehen uns nackt gegenüber, Bruno umfasst mein Gesicht mit beiden Händen und sieht mir tief in die Augen. Er ist ein weltweitanerkannter Maler, wie sollte ich ihn da abweisen.

»Gut, lass es uns tun«, sage ich schnell und stelle fest, dass es die falsche Wortwahl ist.

Er schüttelt lachend den Kopf. »Nein, tun werden wir es erst später.« Dann geht er hinüber zu dem Stuhl und richtet ihn nach dem Licht aus. »Komm her und setz dich.«

Ich muss einen Arm auf die Lehne legen, die seitlich zu meinem Körper steht. Auf dem Handballen lege ich meinen Kopf ab, sodass das Sonnenlicht mein Gesicht erfasst. Die Augen halte ich gesenkt.

»Lege den anderen Arm hinter deinen Rücken, das streckt deinen Körper.«

»Ja, und bringt meine hängenden Titten zum Vorschein«, murmele ich nicht gerade begeistert.

»Mit deinen Titten ist alles in Ordnung, das kann ich wesentlich besser beurteilen, als du«, sagt Bruno und steckt sich eine Zigarette an. »Stört es dich, wenn ich etwas Musik laufen lasse?«

»Nein, auf keinen Fall.« Vielleicht entspanne ich mich ja, wenn die Musik mich ein wenig ablenkt.

Anders als erwartet ertönt keine italienische Musik der fünfziger Jahre aus der kleinen Box, die auf einer Fensterbank steht, sondern *Sisters of the Moon* von *Fleetwood Mac.* Die Musik meiner Jugend. Unsere Blicke treffen sich und Bruno lächelt, sagt aber nichts. Wir haben also den gleichen Musikgeschmack. Wer hätte das gedacht?

»Ich möchte, dass du auf dem Stuhl ein wenig mehr mach vorne rutschst und deine Beine spreizt.«

Was? Nein, auf keinen Fall.

Er sieht die Panik in mir aufsteigen und kommt langsam auf mich zu. »Indem du deine Beine nach hinten anwinkelst, wird man nur wenig von deiner Scham sehen. Ich male Aktbilder, keine Pornos«, sagt er gelassen und rückt mich in die Position, die er sich vorstellt. Dabei berührt er mich so professionell, dass ich meine Scheu verliere. »Ich weiß, dass hier ist neu für dich, aber ich habe tausend Frauen gemalt, Cara mia, das hier ist Arbeit. Doch wenn wir diesen Raum verlassen, dann werde ich dir zeigen, wie sehr ich dich begehre.«

Ich spüre, wie einer seiner Finger meine Scham entlang streift, doch bevor ich überhaupt reagieren kann, lässt er von mir ab und geht zur Leinwand. »Ich werde heute nur die Umrisse mit Kreide zeichnen, länger hält das Licht nicht«, erklärt er, während die Zigarette in seinem Mundwinkel hängt und die Asche einfach zu Boden fällt. Bruno sieht einfach cool aus, wie er mich immer wieder ins Visier nimmt, dabei die Augen zusammenkneift, und mit großen festen Strichen etwas auf die Leinwand zeichnet.

Er hat recht, nach einer halben Stunde spüre ich meine Glieder nicht mehr. Fast reglos zu sitzen ist schwierig, wenn man es nicht gewohnt ist sogar fast unmöglich.

»Lass uns eine Pause machen.« Bruno legt seinen Kreidestift zur Seite.

»Ja gerne. Darf ich schauen, was du bisher gemalt hast?«, frage ich neugierig.

»Nein, du wirst es sehen, wenn es fertig ist.« Er wirft

ein Laken über die Leinwand, sodass seine Arbeit darunter verschwindet.

Aber ich kann ihn verstehen. Niemand will eine halb fertige Arbeit der Kritik aussetzen.

Ich erhebe mich vorsichtig und bin total steif, schüttele meine Hände und Füße aus. »Ich hätte nicht gedacht, dass es so anstrengend ist«, gebe ich zu.

»Komm her zu mir.« Bruno zieht mich in seine Arme und beginnt langsam mit mir zu tanzen.

»Was machst du denn?«

»Ich will, dass du dich ein wenig bewegst, damit dein Kreislauf wieder in Schwung kommt.«

Mittlerweile hat die Musik mehrmals gewechselt und jetzt singt Alice von einer ganz speziellen Nacht. Wir bewegen uns langsam, unsere Körper berühren sich an einigen Stellen, doch es kommt mir ganz natürlich vor. Leise summt Bruno die Melodie mit und streicht über mein Haar.

»Du hast schönes Haar. Es schimmert rot, wenn die Sonne darauf fällt.«

»Eigentlich ist es sogar rot, aber ich töne es braun«, erzähle ich nachdenklich.

»Aber warum? Was gefällt dir nicht an rotem Haar?« Er bleibt stehen und sieht mich fragend an.

»Ich … weiß auch nicht. Ich töne es seit sechszehn Jahren. Seit ich mit …« Ich schweige.

»Dein Mann mochte keine roten Haare?«

Genauso war es. Warum ich das nicht geändert habe,

jetzt, wo ich endlich wieder allein bestimmen kann, weiß ich auch nicht. Ich antworte Bruno nicht, er weiß es auch so.

»Komm, setz dich wieder in die gleiche Position. Ich brauche nicht mehr lange, dann sind wir für heute fertig. Und dann werden wir zusammen etwas kochen.«

JE MEHR ICH über diese Frau erfahre, umso neugieriger werde ich. Julia fasziniert mich. Sie ist eine selbstständige, mutige Frau und doch hat es ein Mann geschafft, ihr Selbstbewusstsein bis ins Mark zu erschüttern. Mir juckt es in den Fingern, diesem Kerl eine anständige Tracht Prügel zu verpassen, wenn ich ihm begegnen würde. Julia hat ihren Slip wieder angezogen und mein Hemd übergeworfen, es aber nicht geschlossen, ich trage nur meine kurze Shorts, so stehen wir in der Küche und bereiten gemeinsam das Abendessen zu. Ich kümmere mich um den Seeteufel und Julia bereitet einen Salat zu.

Heimlich beobachte ich sie und mag es, wie sie die Dinge angeht. Wie sie an dem Gemüse riecht und geschickt mit den scharfen Messern hantiert. Ich spüre ihre Blicke, wann immer sie mich ansieht.

»Ich kann es nicht glauben, dass du ein berühmter Maler bist.« Sie lacht tief und dieses Lachen fährt mir wie ein Stromschlag in den Körper. »Und ich dachte, du bist auf das Geld angewiesen, dass du mit der Vermietung deines Hauses verdienst.« Sie wirft mir einen entschuldigenden Blick zu.

»Nein, das bin ich weiß Gott nicht. Ich weiß auch nicht, warum ich das Haus inseriert habe. Ich habe es zum ersten Mal gemacht und hatte eigentlich vor, den Sommer in Rom zu verbringen.«

»Dann ist es also Zufall, dass wir uns hier begegnet sind.« Sie blickt mich überrascht an.

»Ja, das Schicksal hat uns zusammengeführt.«

»Glaubst du an das Schicksal?«, fragt sie zögerlich.

»Ja. Du nicht?«

Sie hebt die Schultern. »Wenn ich daran glauben würde, dann müsste ich ziemlich sauer darauf sein, denn es ist bisher nicht sehr gut mit mir umgegangen.«

Sie spielt wieder auf ihren Arsch von Mann an und ich muss meine Wut unterdrücken. Mit dem Filetiermesser schneide ich dem Fisch den Kopf ab, wobei abhacken es eher treffen würde, obwohl der arme Kerl hier vor mir gar nichts dafür kann und es nicht verdient hat so behandelt zu werden.

»Sag mal, wenn du sechszehn Jahre verheiratet warst, aber Sebastian bereits neunzehn ist …« Ich sehe sie fragend an.

Julia nickt wissend. »Genau, er war nicht Sebastians leiblicher Vater, aber der einzige, den er hatte. Sein Erzeuger hat sich aus dem Staub gemacht, als er hörte, dass ich schwanger bin. Er ist fünf Jahre später bei einem Verkehrsunfall ums Leben gekommen.« So jetzt ist es endlich raus, was sie mir wohl nicht erzählen wollte.

»Das tut mir leid«, sage ich leise.

»Muss es nicht. Er hat sein Leben bei einem Straßenrennen verloren, bei dem er eine unschuldige Frau mit in den Tod gerissen hat.«

Puh, das ist harter Tobak. Nun kann ich verstehen, warum sie dem Schicksal nicht ganz so freundlich gegenübersteht.

»Vielleicht kannst du jetzt verstehen, dass meine Planung abgeschlossen ist, was meine weiteren Lebenspartner betrifft.« Sie lacht verlegen.

Gut, dass ich da noch ein Wörtchen mitzureden hab, geht es mir durch den Kopf, doch ich sage es nicht laut, lasse ihren Satz einfach so stehen.

Dafür schiebe ich den Fisch, den ich mit Zitronenscheiben und Gewürzen gespickt habe in den Backofen, mache mich daran, die Süßkartoffeln zu schälen.

Julia schält eine Gurke und zieht dann feine Streifen mit dem Spargelschäler ab. Sie dreht sie auf und richtet so kleine Rosen auf dem Salat an. Schneidet Radieschen in feine Scheiben und richtet diese als Blätter an.

»Das sieht wunderschön aus. So wunderschön wie du«, sage ich und nehme ihr das Messer aus der Hand, lege es zur Seite. Dann ziehe ich sie in meine Arme und küsse sie zärtlich. Diese Frau hat so viel mehr verdient, als sie bisher in ihrem Leben erhalten hat.

Willig öffnet sie ihre Lippen, lässt sich auf diesen Kuss ein. Meine Zunge erforscht ihren Mund und sie stöhnt leise auf, als ich mit den Händen mein Hemd zur Seite schiebe und ihre Brüste langsam massiere. Ihre Haut ist vielleicht nicht mehr ganz so straff, wie die von Letizia oder anderen jungen Frauen, aber das interessiert mich nicht im Geringsten. Für mich ist sie eine der schönsten Frauen, die ich bisher getroffen habe und ich werde sie selbst davon überzeugen. Zwei Wochen bleiben mir, um sie in ihrem Selbstvertrauen so zu stärken, dass sie sich selbst kaum wiedererkennt. Sie wird sich als tolle sehenswerte Frau fühlen, die mit sich selbst im reinen ist. Sie wird glücklich sein. Auch wenn es mich noch viel Überzeugungskraft kosten wird.

6

Kapitel

Giovani romani

Der Klub in den Lorenzo Sebastian führt, ist eine ganz andere Klasse, als es der Schuppen war, in dem Tanja arbeitet.

»Warum sind hier so viele junge Römer?«, fragt Sebastian erstaunt.

»Weil es ein Schwulenklub ist«, ruft Lorenzo lachend.

Neugierig sieht Sebastian sich um. Es gibt auch einige Frauen, aber zum größten Teil sind es Männer, gut aussehende Männer, so wie Lorenzo. Ob er auch schwul ist? Dieser Gedanke ich Sebastian bisher noch gar nicht in den Sinn gekommen. Eine Freundin scheint er zumindest nicht zu haben.

»Macht dir das etwas aus?«, fragt Lorenzo und bleibt abrupt stehen, sieht Sebastian fragend an.

»Nein, warum sollte es? Ich bin zwar nicht schwul, habe aber auch nichts gegen Männer, die Männer lieben. Ist doch heute total normal.«

»Dann ist ja gut.«

»Bist du es? Ich meine, stehst du auf Männer?« Wenn sie schon mal über das Thema sprechen, kann Sebastian sich gleich Klarheit verschaffen.

»Ich mag alles, was sich ficken lässt«, ruft Lorenzo gegen die Musik an.

Das war jetzt eine Antwort, die alles und auch nichts bedeutet.

»Komm mit, da hinten sind Freunde von mir.«

»Hey Lorenzo! Bist du auch mal wieder in der Stadt?« Ein junger Mann umarmt Lorenzo und küsst ihn auf den Mund. »Wen hast du denn da im Schlepptau?«

Der junge Mann mustert Sebastian eindringlich.

»Das ist Sebastian, un tedesco«, erklärt Lorenzo und greift nach der Flasche Bier, die ihm irgendjemand reicht.

»Sebastian! Ciao! Schöner Name. Ich bin Alfredo. Hast du Lust zu tanzen?«

Sebastian hebt die Schultern. »Klar.« Alfredo nimmt seine Hand und zieht ihn Richtung Tanzfläche, die ziemlich gut gefüllt ist. Die Musik ist laut, der Rhythmus schnell. Die Gäste sehen aus, als würden sie auf Hip-Hop stehen.

»Wo wohnst du?«, fragt Alfredo und kommt Sebastian ziemlich nah.

»Bei Lorenzo. Wir übernachten in der Wohnung von Bruno.«

»Ah, okay. Das ist eine tolle Bude. Er hat ja auch Geld wie Heu.«

»Bruno?«, fragt Sebastian nach.

»Ja klar. Er ist ein bekannter Maler. Santa Christo, sagt dir das was?«, erklärt ihm Alfredo und seine dunkelbraunen Augen sprühen förmlich vor Energie.

»Klar, wer kennt den nicht.«

»Anscheinend du, wenn du Bruno nicht erkannt hast.«

Was? Ob seine Mutter davon weiß, in wessen Haus sie wohnt?

»Hey, hast du vielleicht Lust, mich auf die Toilette zu begleiten?« Alfredo sieht ihn begierig an.

Automatisch schüttelt Sebastian den Kopf. »Nein, sorry. Aber meine Freundin wartet auf mich. Ich glaube, ich werde wieder gehen.« Kurzentschlossen dreht Sebastian sich um und verlässt die Tanzfläche. Da er Lorenzo nicht sofort entdeckt, läuft er dem Ausgang entgegen. Das hier ist nicht seine Welt. Er würde schon allein zu Brunos Wohnung finden, so schwer kann das ja wohl nicht sein, zur Not würde er mit dem Taxi nach Santa Marinella zurückfahren.

»Sebastian?«

Als er an den wartenden Gästen vorbeiläuft, hört er, wie jemand seinen Namen ruft. Suchend blickt er sich um.

»Hey, Sebastian! Was machst du hier?«

»Tanja! Hi. Ich bin mit Lorenzo hier, aber wir haben uns

aus den Augen verloren. Was machst du hier?« Tanja hier in Rom anzutreffen haut ihn aus den Schuhen.

»Lorenzo hat mir eine Nachricht geschickt, dass wir uns alle hier treffen wollen. Du willst doch nicht schon nach Hause gehen?« Sie sieht ihn fragend an und lächelt.

»Nein, nicht wirklich. Musst du heute nicht arbeiten?«

Sie schüttelt den Kopf. »Ich arbeite nur an drei Tagen in dem Klub. Warum wolltest du denn gehen?«

Sebastian tritt unruhig auf der Stelle. »Da war so ein Typ, der ist mir ziemlich auf die Pelle gerückt«, gibt er nach kurzem Zögern zu.

»Das war bestimmt Alfredo. Der fickt alles, was nicht bei drei auf den Bäumen ist. Mach dir keine Sorgen, er ist ganz harmlos und akzeptiert ein Nein. Komm wieder mit rein, dann machen wir uns einen schönen Abend.« Sie ergreift seine Hand und stellt sich auf die Fußspitzen, um ihm einen Kuss auf den Mund zu drücken. »Ich habe heute echt Lust, mit dir zu tanzen.«

DER FISCH SCHMECKT EINFACH FABELHAFT, ich kann es nicht anders sagen. Aber so richtig entspannt kann ich das Essen nicht genießen, denn Bruno hat mich total elektrisiert. Dieser Kuss, den er mir verpasst hat, lässt meinen Puls immer noch in die Höhe schnellen, selbst wenn ich nur an ihn denke.

»Ich habe noch eine Überraschung um dich für das lange Stillsitzen zu entlohnen.«

Ich bin gespannt, was Bruno damit meint. Nachdem wir alles in den Geschirrspüler gepackt und die Küche aufgeräumt haben, führt er mich in den Garten, den man durch die Küche über die Terrasse betreten kann. Ich habe mich hier noch gar nicht richtig umgesehen. Verborgen hinter einigen Säulenzypressen etwas abgelegen vom Haus gibt es einen Swimmingpool mit angrenzendem Whirlpool.

»Wow! Das ist wirklich eine Überraschung.«

»Ich dachte mir, dass deinem Körper etwas warmes Wasser guttun wird. Und meinem auch.« Er grinst wie ein kleiner Junge. Mit beiden Händen streift er mir das Hemd ab und zieht mir auch den Slip aus. In Sekunden wird er seine Hose los und wir steigen in den Whirlpool.

Das Wasser ist herrlich warm. Bruno hat unsere Weingläser mitgenommen und an den Rand gestellt. Er gleitet neben mich und stellt die Massagedüsen an. Ich muss feststellen, dass es nicht das Schlechteste ist, wenn man einen berühmten Maler kennt.

»Und? Wie gefällt es dir?« Er reicht mir mein Glas und ich trinke einen Schluck. Je öfter ich diesen Wein trinke, umso besser schmeckt er mir.

»Es ist wunderbar. Das alles hier. Nicht nur das Wasser, das Haus, auch der Wein und … du.«

»Der Wein kommt von meinem eigenen Weingut in der Toskana. Ich freue mich, dass er dir schmeckt.« Ganz langsam zieht er mich auf seinen Schoß.

»Du hast sogar ein eigenes Weingut?« Dieser Mann

steckt so voller Überraschungen, die wohl niemals aufzuhören scheinen.

Er nickt. »Wenn es mal mit den Bildern nicht mehr läuft, werde ich die Menschen mit meinen Trauben verführen.«

Ich lache leise. »Mich hast du schon verführt.«

»Noch nicht wirklich«, raunt er mir ins Ohr und streichelt meine Brüste, die knapp über dem Wasser herausragen.

»Guten Abend! Ich hätte gerne gewusst, was Sie da mit meiner Frau veranstalten?«

Die laute Stimme übertönt das Blubbern des Wassers und mit einem kleinen Schrei tauche ich tiefer in das Wasser, um meine Blöße zu bedecken.

»Martin! Was machst du hier?«, rufe ich erstaunt und ziemlich ungehalten, als ich die Gestalt meines Ex-Manns im Dunkeln erkenne.

»Ich bin auf der Suche nach dir, und scheine dich ja endlich gefunden zu haben«, gibt er pikiert zurück. Als wenn er überhaupt noch ein Anrecht darauf hätte.

»Signore, ich habe keine Ahnung, wer Sie sind und was Sie auf meinem Grundstück zu suchen haben«, erklärte Bruno unfreundlich und hebt mich sachte von seinem Schoß. Dann steht er auf und steigt gelassen aus dem Whirlpool. Ihm scheint seine Nacktheit überhaupt nichts auszumachen, trocknet sich kurz mit einem Handtuch ab, das er aus einem Seitenfach der Holzverkleidung holt und zieht seine Shorts über. Danach blickt er Martin an. »Wenn Sie uns nun wieder verlassen wollen!«

»Du treibst es hier also mit so einem Italiener!«, brüllt Martin los.

»Was fällt dir ein, Martin? Ich bin nicht mehr deine Frau, die du rumkommandieren kannst, wann immer dir danach ist. Verschwinde wieder, ich habe dich nicht eingeladen«, schreie ich wütend und erhebe mich ebenfalls. Es ist mir egal, dass ich nackt bin. Meine Wut lässt mich alles andere vergessen. Ich steige ebenfalls aus dem Pool und ergreife das Handtuch das Bruno mir reicht, wickle es um meinen Körper. Meine Überraschung ist augenblicklich in Wut umgeschlagen.

»Dann sind Sie wohl Julias Ex-Mann, wenn ich das richtig verstehe«, fragt Bruno und geht einen Schritt auf ihn zu.

»Das geht Sie gar nichts an«, erklärt Martin von oben herab. »Pack dein Zeug, ich bringe dich nach Hause.«

»Bist du bescheuert?«, rufe ich aufgebracht. »Es gibt kein Zuhause. Es gibt nur meine Wohnung und du solltest sehen, dass du zurück zu deiner Frau kommst. Ich habe keine Ahnung, was du hier eigentlich willst und woher du überhaupt weißt, wo ich zu finden bin.«

»Sebastian hat mir geschrieben, dass ich kommen soll. Wo ist er eigentlich? Du treibst es doch wohl nicht unter den Augen unseres Kindes mit diesem schmierigen Italiener?« Abscheu ist in seiner Stimme deutlich zu hören.

»Das reicht jetzt. Sie haben Julia genug beleidigt und mich auch.« Bruno stürmt auf Martin zu und schubst ihn, indem er mit beiden Händen gegen dessen Brust drückt.

»Fass‘ mich nicht an«, schreit Martin, holt aus und trifft mit seiner Faust Brunos Lippe.

Blut spritzt und ich schreie auf. In Sekunden sind die beiden Männer in eine Schlägerei verwickelt.

»Oh mein Gott! Hört auf!«, rufe ich aufgebracht und will dazwischen, doch nur wie. Keine Ahnung, wo der eine aufhört und der andere anfängt.

»Bruno! Bitte, hör auf … Martin, verschwinde verdammt noch mal. Du hast hier nichts zu suchen.«

Plötzlich setzt Bruno einen gezielten Treffer und Martin geht zu Boden. Bruno sieht übel aus, Blut tropft auf seine Brust. Und ich stehe einfach hilflos da und weiß nicht, was ich machen soll.

»Sie verschwinden jetzt von meinem Grundstück und lassen Julia in Ruhe.«

»Gut ich gehe, aber Julia gehört zu mir«, schreit Martin aufgebracht.

»Da irren Sie sich. Ab sofort gehört sie zu mir.« Brunos Stimme ist gefährlich leise.

»Stimmt das?«, fragt Martin an mich gewandt, während er sich vom Boden aufrappelt.

Das hier ist meine Chance, Martin für immer loszuwerden. Ich brauche nur zustimmen und er wird einsehen, dass es einen anderen Mann in meinem Leben gibt.

»Was ist mit deiner Frau passiert?«, will ich wissen. Verdammt, warum kann ich nicht ein einfaches Ja aussprechen.

»Ich habe mich von ihr getrennt«, gibt Martin zu und betastet seinen Wangenknochen.

»Du dich von ihr, oder ist es eher anders herum? Hat sie dich in den Wind geschossen?«, will ich wissen. Ich kenne ihn gut genug, um zu erkennen, wenn er lügt.

»Nun, wen interessiert das so genau?«, windet er sich.

Bingo!

»Mich, Martin. Mich interessiert das und ich denke auch deine Frau. Du kannst es nicht zugeben, dass du erneut eine Ehe in den Sand gesetzt hast. Und aus diesem Grund wird es immer wieder passieren. Du versuchst immer wieder, dein mangelndes Selbstwertgefühl mit Arroganz zu überspielen. Deine fehlende Empathie hindert dich daran zu erkennen, dass es Menschen gibt, die es gut mit dir meinen. Aber du stößt sie immer nur vor den Kopf, weil in deiner Welt nur ein einziger Mensch existiert, der dir wichtig ist, und das bist du selbst. Deine ausgeprägte Geltungssucht verhindert Glück zu empfinden und du tust mir wirklich leid, denn so wirst du niemals glücklich werden.« Schwer hole ich Atem, denn die Worte sind nur so aus mir herausgeschossen. Noch nie in meinem Leben habe ich den Mut gefunden, Martin das alles ins Gesicht zu schleudern. Das war wie ein Befreiungsschlag, ein riesiger Ballast, der von mir gefallen ist.

Martin sieht mich ernst an und zum ersten Mal in meinem Leben habe ich den Eindruck, dass er mich wirklich sieht. »Bist du es Julia? Bist du jetzt hier glücklich?«, fragt er mich mit leiser Stimme.

Ich blicke kurz zu Bruno hinüber, der mich wohl genauso neugierig ansieht, wie Martin.

»Ja, Martin. Das bin ich. Ich wünsche dir alles Gute, aber ein *Uns* wird es nie wieder geben. Geh zu deiner Frau zurück und bringe wenigstens das in Ordnung. Sie hat es verdient. Und eins noch, benutze nie wieder Sebastian um über deine eigene Feigheit und Unfähigkeit mit Menschen umzugehen hinwegzutäuschen. «

7

Kapitel

Buona sera

»Aua!«

»Sein nicht so zimperlich. Das sieht dir gar nicht ähnlich.« Ich tupfte Brunos Mundwinkel vorsichtig mit einem Wattestäbchen ab, um die kleine Wunde dann mit Jod zu versorgen.

»Ich habe deine Ehre mit meinem Leben verteidigt«, erklärt er großspurig.

»Dass ihr Italiener immer so theatralisch sein müsst.« Ich lache leise. »Ich denke eher, dass du deine Ehre verteidigen wolltest, das aber daneben gegangen ist.«

Er grinst etwas schief. Seine Hände wandern meinen

Oberschenkel hinauf. Ich stehe zwischen seinen Beinen, während Bruno auf dem Rand der Badewanne hockt.

»Sag mir lieber, ob du das ernst gemeint hast, dass du hier glücklich bist.« Seine Augen brennen sich in meine Seele.

Hart schlucke ich, weil dieser Moment so bewegend ist.

»Die Stille stellt keine Fragen, aber sie kann uns auf alles eine Antwort geben«, erklärt Bruno und seine Stimme klingt nicht wirklich begeistert. Er will sich erheben.

»Nein, Bruno, warte. Du verstehst das falsch.« Ich halte ihn zurück. »Mein Schweigen bedeutet, dass mich die Situation hier sprachlos macht. Ich war noch nie so … überwältigt. Alles hier ist wunderbar. Das Haus, das Land, du … du machst mich glücklich. Das ist die Wahrheit.« Ich will mich abwenden, weil mir diese Worte peinlich sind, doch Bruno hält mich fest.

»Du bist bezaubernd und ich habe keine Ahnung, wie du an diesen Typen geraten konntest, geschweige denn wie du es sechzehn Jahre mit ihm ausgehalten hast. Er ist ein Vollidiot und hat dich nicht verdient. Keine Sekunde deines Lebens.«

»Das hast du toll gesagt«, wisperte ich und berühre ganz leicht seinen Mundwinkel, der nun nicht mehr blutet. »Das wird ein blauer Fleck werden«, murmele ich.

»Du bist es wert. Es ist so etwas wie eine Kriegsverletzung, im Kampf um die Frau meines Lebens.« Er lächelt und ich lache ebenfalls, doch dann zieht er mir einfach das

Handtuch vom Körper. »Du bist jede Wunde wert, die ich mir wegen dir einhandele und ich werde sie mit Stolz tragen.«

Seine Lippen empfange ich mit Wohlwollen und aus unserem Kuss wird schnell mehr. Ich küsse ihn gierig, versuche aber, ihm nicht wehzutun. Seine Handknöchel und Ellenbogen haben auch etwas abbekommen, doch Bruno tut es mit einer Handbewegung ab.

»Bruno, warte. Du bist verletzt …«, will ich ihn aufhalten, als seine Bewegungen immer drängender werden.

»Ich bin kein alter Mann, Julia. Ich will dich und mich kann niemand daran hindern, dich zu bekommen. Selbst dein durchgeknallter Ex-Mann nicht«, knurrt er an meinen Lippen und nimmt meine Hand, führt mich in das Schlafzimmer, das ich bewohne.

»Dieses Zimmer ist so wundervoll«, sage ich, als mein Blick zum Fenster geht.

»Ich weiß. Es ist eigentlich mein Schlafzimmer, doch ich wollte es dir überlassen«, gibt er zu.

»Warum?«

Seine Hände fahren meinen Körper ab. »Weil ich wollte, dass du dich in diesen Ort verliebst.«

»Das habe ich Bruno, und nicht nur in den Ort.«

OH, angelo mia, du hast keine Ahnung, dass es mir genauso geht. Dieser Gedanke lässt mich nicht mehr los, aber ich spreche ihn nicht laut aus. Julia ist verwirrt, auch wenn sie versucht, es geschickt zu verbergen. Ich will ihr die Freiheit gehen, sich frei zu entscheiden. Ihr Ex-Mann ist wirklich das Allerletzte, doch wie es scheint, hat Julia sich endlich von ihm freigeschwommen.

Vorsichtig bette ich Julia auf die Matratze und betrachte sie. Sie ist so schön. Eine richtige Frau. Ich freue mich schon darauf, sie morgen weiter malen zu können.

Sie rückt zur Seite und klopft auf die Matratze. »Komm, leg dich zu mir. Ich hoffe nicht, dass wir noch einmal gestört werden.« Sie lächelt verheißungsvoll und ich schlüpfe zu ihr ins Bett, schalte das Licht aus.

Das Mondlicht scheint hell zur Balkontür herein und es ist ganz still, nur ab und an hört man einen Hund bellen, der wohl eine Katze entdeckt hat.

»Vertraust du mir?«, frage ich sie und Julia blickt mich an, zieht die Augenbrauen skeptisch zusammen. »Sag es mir. Vertraust du mir, wenn ich dir sage, dass ich sauber bin und sonst nie auf Kondome verzichte?«

Sie nickt. »Ja, ich vertraue dir. Aber du solltest mir nicht vertrauen. Ich verhüte nicht mehr«, gibt sie ehrlich zu.

»Warum nicht?«, frage ich überrascht.

Als würde ein Gewitter über ihr Gesicht ziehen verdunkelt sich ihr Blick. »Es ist schon lange her. Es gab keinen Grund zu verhüten. Ich war Martin nicht mehr attraktiv genug und für andere Männer fühlte ich mich nicht attraktiv.«

Ihre Stimme ist so leise und es soll belanglos klingen, doch ich spüre ihre Verletzbarkeit dahinter.

»*Cretino*!«, murmele ich. »Danke, dass du so ehrlich bist, cara mia.« Ich küsse sie kurz, dann angele ich aus dem Nachttisch ein Kondom und lege es bereit. »Das werden wir später brauchen. Viel später.«

ES HAT mich eine Menge Überwindung gekostet, ihm das zu gestehen, doch wie alles in seinem Leben, kehrt Bruno etwas Negatives ins Gegenteil.

Zärtlich streichelt er meine Haut.

»Es tut mir leid, dass ich so ein Chaos in dein Leben bringe. Ich weiß auch nicht, wie Martin auf die Idee kommt, dass es mit uns weitergehen könnte, wenn er seine Frau verlässt. Er kann schlecht alleine sein. Aber zu Hause ist er auch immer unruhig, dann ist er ständig auf Achse.« Ich streiche mir das Haar aus dem Gesicht.

Bruno sieht mich ernst an. »Das ist kein Chaos, Liebes. Das ist das Leben. Alles verläuft in Bögen. Das bringt Schwung in unser Leben. Der Herzschlag, der Blutdruck, der Klang unserer Stimme, das Meer, der Himmel, die Berge. Alles ist durch Bögen unterbrochen, nichts verläuft geradlinig. Wir Menschen streben immer nach Perfektion und denken, das Leben muss eine gerade Linie ergeben, immer weiter nach oben. Doch es sind diese Bögen, die unser Leben ausmachen. Die es reizvoll und interessant machen. So wie dein Körper ein Bogen ist. Sieh dir den

Bogen deiner Hüfte an, für dich scheint er zu groß, doch für mich ist er mehr als nur reizvoll. Er macht mich an, macht mich neugierig auf dich und deinen Körper. Das Leben hat dir diesen Bogen gegeben, um mich auf dich aufmerksam zu machen, und ich bin ihm sehr dankbar dafür.«

8

Kapitel

Desiderio

Von Bruno geliebt zu werden, ist wie in einen Hurrikan zu geraten. Am Anfang ist alles still und ruhig, man spürt quasi, dass etwas in der Luft liegt und voller Erwartung fühlt man das Herannahen eines Wirbelsturms.

Wenn er dann über dich hereinbricht, stellt er alles auf den Kopf, was bisher da gewesen ist. Ich hatte ihm den Rücken zugekehrt und er fragte mich, was das solle.

»Ich dachte … ich meine, so wäre es für dich am einfachsten«, stammelte ich verlegen.

»Wo denkst du nur hin? Ich will dich ansehen«, murmelte er und schob mir das Haar aus dem Gesicht.

»Ich dachte, weil Martin immer nur … mich nie dabei angesehen hat und du Letizia auch von hinten genommen hast.«

Bruno sah mich fast schon verzweifelt an. »Julia, vergiss, was du gesehen hast. Letizia, das war ein Gefallen, etwas, worum sie mich gebeten hat, Rache. Das hatte nichts mit begehren zu tun. Ich begehre dich und ich will dich. Mein Verlangen nach dir, brennt wie ein Feuer in mir, dass nur du löschen kannst, cara mia.« Er beugte sich vor und küsste mich wo wild, dass ich komplett alles vergaß, selbst meinen eigenen Namen. Erst als er ihn immer wieder rief, wurde mir klar, wie sehr es mir gefiel, von Bruno begehrt zu werden.

Das hier war keine lästige Pflichterfüllung, es war Verlangen in höchster Form und ich würde nie genug davon bekommen. Von Bruno geliebt zu werden ist ein Gefühl, dass ich so noch nie gespürt habe. Ein Gefühl, dass das, was wir gerade zusammen erleben, das Schönste ist, was mir je in meinem Leben widerfahren ist. Einfach unbeschreiblich.

Völlig erschöpft liege ich in Brunos Armen und er wird nicht müde, meinen Körper zu streicheln. Er hat mich mehrfach geliebt und ich habe völlig das Zeitgefühl verloren. Es ist mitten in der Nacht und der Mond, der eben noch mit seinem Licht das Zimmer erhellte, ist bereits weitergezogen.

»Ich muss morgen nach Rom. Ich möchte, dass du mich begleitest, weil ich dir die Stadt zeigen will. Hast du Lust dazu?«

Allein seine Frage breitet sich wie ein wohliges Gefühl in mir aus.

»Oh, das wäre wundervoll. Ich war noch nie in Rom. Außer am Flughafen natürlich. Aber wo wollen wir wohnen? In deiner Wohnung sind doch Sebastian und Lorenzo.«

Ein kleines Lachen geht durch seinen Körper, ich sehe es nicht, aber spüre es. »Glaube mir, dass bekommen wir schon hin.«

»Und wie wollen wir dorthin kommen? Etwa mit dem Roller?«

Bruno dreht mich in seine Arme und sieht mir in die Augen. »Lass los, hör auf dir immerzu Gedanken zu machen und lass es einfach auf dich zukommen. Ich habe alles geregelt. Du musst nur eine kleine Tasche packen.«

Ich lache verlegen. »Es tut mir leid. Ich weiß nicht, ob ich je aus diesem Modus von *ich muss mich um alles kümmern* herauskomme. Es sitzt wie ein Stachel tief in mir.«

»Ich werde dir diesen Stachel ziehen, cara mia. Das verspreche ich dir.«

AM NÄCHSTEN MORGEN erwache ich allein, aber ich fühle noch Brunos Wärme neben mir. Ich werfe einen Blick auf mein Handy und sehe, dass Sebastian mir eine Nachricht geschickt hat. Es geht ihm gut und Rom ist der Wahnsinn. Na, davon werde ich mich heute selbst überzeugen können. Ich steige aus dem Bett und springe unter die Dusche. Genieße das warme Wasser. Dann fällt mir ein, dass in Brunos Wohnung ja das Wasser nicht funktioniert und mache mir schon wieder Gedanken. Oh verflucht, warum kann ich das nicht lassen? Ich ziehe mir eine bequeme weiße Hose an und wähle eine dunkelblaue Bluse, die mit Stickereien an den Ärmeln und Bündchen sehr luftig ist.

Bruno finde ich in der Küche und bleibe abrupt stehen.

»Wer sind Sie?«, frage ich überrascht und traue meinen Augen nicht.

Brunos Körper steckt nicht nur ein einem hellgrauen Anzug, samt weißem Hemd und passender Weste, sondern er hat sich auch rasiert.

»Mein Bart hat heute Nacht deine Haut ganz schön in Mitleidenschaft gezogen, daher dachte ich, dass eine Rasur fällig ist. Guten Morgen, cara mia.« Er zieht mich in seine Arme und küsst mich heftig. Bruno wäre natürlich nicht Bruno, wenn er nicht zumindest einen Dreitagebart hätte stehen lassen. Aber dadurch sieht er mindestens zehn Jahre jünger aus.

»Wollen wir schnell frühstücken und dann auf den Markt fahren und für Rom einkaufen? Dort sind die Preise um ein Vielfaches höher und die Ware auch nicht so frisch.«

»Gerne. Ich bin nicht sehr hungrig. Ein Toast mit Rührei reicht mir«, erkläre ich, und schaue über seine Schultern, sehe dort genau diese Komponenten auf den beiden Tellern liegen.

»Ich wollte dir eigentlich das Frühstück ans Bett bringen«, erklärt er.

Ich küsse ihn auf die Lippen. »Es ist nicht nötig, dass du mich so verwöhnst. Ich sitze beim Essen lieber an einem richtigen Tisch.«

Er grinst. »Du bist nie richtig verwöhnt worden, habe ich recht?«

Das will ich nicht zugeben. »Doch, ich verwöhne mich einmal im Monat und gehe shoppen. In Hamburg gibt es tolle Läden.« Ich verstehe ihn absichtlich falsch, und Bruno ist zu feinfühlig, um darauf herumzureiten.

Er lächelt mich nur an und nickt. »Gut, dann werde ich dich in Rom wohl nicht alleine lassen können. Die Boutiquen dort sind berühmt für ihre Auswahl.«

»Ich brauche doch ein Souvenir, oder zwei oder drei.«

VOR DEM HAUS steht ein neuer Porsche Panamera. Die beiden hinteren Sitze sind umgeklappt und Bruno hat zwei größere Bilder bereits eingeladen, dazu packt er noch unsere Taschen. Und hätte ich gewusst, wie dieser Trip enden würde, wäre ich vermutlich nicht in den Wagen gestiegen.

Die Einkäufe sind schnell erledigt. Bruno weiß, was er will und wo er es bekommt. Hand in Hand schlendern wir zum Wagen zurück, als ich auf der anderen Seite in einem Straßencafé Martin sitzen sehe und an seiner Seite … Letizia.

»Bruno, schau mal, wer dort drüben sitzt.« Wir verlangsamen unsere Schritte, ohne jedoch stehen zu bleiben.

»Stupido! Was macht er denn da?«, schimpft Bruno leise.

»Stört es dich, dass er Letizia datet?« Ich frage mich, wie er sie wohl kennengelernt hat?

Bruno sieht mich verstört an. »Nein, natürlich nicht. Aber es ist gefährlich, sich mit ihr in der Öffentlichkeit zu zeigen. Ihr Mann ist gefährlich und hat seine Leute überall.« Bruno scheint besorgt zu sein.

»Sagt der Mann, der mit ihr …« Bruno sieht mich scharf an. »Der sie gemalt hat«, ändere ich meinen Satz.

»Im Auftrag von Franco, ihrem Mann. Es war eine Auftragsarbeit für ihn. Ich kenne Franco, seit wir Kinder sind. Er ist hochgradig eifersüchtig und Mitglied der Familia. Du solltest rübergehen und ihn warnen.«

Ich schüttele den Kopf. »Nein, Martin würde nicht auf mich hören. Das hat er noch nie. Es würde alles nur noch schlimmer machen. Vielleicht setzt er sich ja gleich in sein Auto und fährt wieder nach Hause.«

Bruno sieht mich skeptisch an. »Du glaubst das nicht wirklich?«

Ich schüttele den Kopf. »Nein, wenn es um Fettnäpfchen geht treten andere hinein, Martin ist da mit seiner Schrankwand eingezogen.«

Leise lacht Bruno und beugt sich zu mir herunter, küsst mich. »Komm, lass uns nach Rom aufbrechen. Ich giere danach, dir die Stadt zu zeigen.«

9

Kapitel

Vedi Roma e poi muori

Die Fahrt in Brunos Luxusschlitten ist wesentlich angenehmer, als in dem Fiat 500, den ich am Flughafen geliehen habe. Ich hoffe, dass dem Auto nichts geschehen ist. Bruno fährt sicher aber nicht zu schnell. Er regt sich auch nicht über die anderen Autofahrer auf, die uns schneiden oder wild gestikulierend hupen. Er winkt ihnen nur freundlich zu und stößt dann ein leises *testa di cazzo* aus, was unserem Arschloch nahekommt.

Als ich lache sieht er mich fragend an. »Was ist?«, will er wissen.

»Ich hätte die anderen Fahrer wahrscheinlich schon

gerammt. Die fahren wie die Verrückten«, erkläre ich mit einem Grinsen auf den Lippen.

»Das ist auch der Grund, warum ich fahre. Ich habe die nötige Ruhe.«

»Ah, da ist sie wieder, die Anspielung auf dein Alter. Du bist nur fünfzehn Jahre älter als ich, tue nicht so, als könntest du mein Großvater sein, denn so alt bist du nicht.«

»Du glaubst, ich habe ein Problem mit meinem Alter?«, fragt er überrascht.

»Ich weiß nicht. Vermutlich habe ich ein Problem mit meinem Alter«, gebe ich zu.

Bruno ergreift meine Hand und drückt sie. »Mach dir keine Gedanken, cara mia. Ich finde dich toll, so wie du bist. Mit jedem Jahr, mit jeder Falte. Das sind alles Dinge, die für mich nicht wichtig sind.« Er zieht meine Hand an seine Lippen und drückt mir einen Kuss darauf.

Es ist so eine schöne Geste und die Worte wärmen mein Herz. Gibt es auf dieser Welt vielleicht doch noch den richtigen Mann für mich? Ich schwanke zwischen Hoffen und Bangen. Vor einem Jahr habe ich beschlossen, für den Rest meines Lebens allein zu bleiben. Zweimal habe ich ins Klo gegriffen, wenn es um die Wahl meines Partners ging, und ich habe die Hoffnung begraben, dass ich den Richtigen finde. Denn gibt es überhaupt *den Richtigen*? Den einen Menschen, der nicht nur dein Herz berührt, sondern es auch halten kann? Ich bin skeptisch und will von meinem Weg nicht abweichen, auch wenn Bruno noch so verführerisch ist. Was ist, wenn es sich wieder als Fiasko herausstellt? Ich würde in ein bodenloses Loch fallen und keine Ahnung, ob ich diesmal wieder daraus hervorkriechen kann. Ich bezweifle es.

Bruno lenkt das Auto in die Tiefgarage eines Neubaus, das sich perfekt zwischen den alten Gemäuern integriert. Er parkt direkt neben dem Fiat 500, den ich als den Wagen erkenne, den ich geliehen habe. Er lebt noch. Halleluja.

Die Via del Tritone beherbergt eine Menge Geschäfte, wie ich sehen konnte, und ich bin von dem Straßenwirrwarr ziemlich erschlagen.

Von der Tiefgarage geht es mit dem Aufzug in die sechste Etage. Dort gibt es nur eine Wohnungstür.

»Wohnst du auf dieser Etage ganz alleine?«, will ich wissen.

Bruno öffnet und hält mir die Tür auf. »Die beiden Etagen. Meine Wohnung geht über zwei Stockwerke.«

»Brauchst du so viel Platz? Das muss doch ein Vermögen kosten, so mitten in Rom?« Ich bin überrascht.

Er lächelt milde. »Nicht, wenn einem das ganze Gebäude gehört.«

Wir betreten einen riesigen Wohnraum, der gleichzeitig Wohnzimmer, Küche und Esszimmer ist. Es gibt einen langen Holztisch von ungefähr drei Metern Länge. Eine große Wohnlandschaft steht mit dem Blick zur Fensterfront, die eine ganze Wand einnimmt, mitten im Raum. Die Küche ist von einer Bar eingegrenzt, an der es sechs Barstühle gibt.

Die Wände sind mit großen Bildern bestückt. Allerdings sind es wohl keine Bilder von Bruno, denn es sind Landschaften und Stillleben und sehen alt und mächtig teuer aus. Die Wände sind mit einer Art Rauputz versehen, der an einigen Stellen gewollt abblättert, und darunter werden verblasste Art Deco Ornamente und Mäandern sichtbar.

»Wow«, sage ich leise, als ich mir alles in Ruhe ansehe, während Bruno unsere Einkäufe in den Kühlschrank räumt.

Über der Küche entdecke ich eine Galerie. Im hinteren Bereich der Küche eine Treppe, die in den oberen Stock führt. Neugierig steige ich die Treppe hinauf und gelange in einen breiten Flur, von dem mehrere Türen abgehen.

»Deine Wohnung ist wirklich riesig«, rufe ich Bruno entgegen, als er mit unserem Gepäck die Treppe hinaufkommt.

»Ich habe oft Gäste«, gibt er zu. »Hier vorne sind die Gästezimmer, wir nehmen mein Zimmer. Es ist die letzte Tür am Ende des Gangs.«

Als ich ihm folge, öffnet sich plötzlich eine Tür und Sebastian steht vor mir.

»July! Hi! Was machst du denn hier?«, fragt er mich überrascht. Sein Haar ist strubbelig und er trägt nur eine Boxershorts, die tief auf seinen Hüften sitzt. Er kommt also gerade aus dem Bett. Er beugt sich vor und gibt mir einen Kuss auf die Wange, so wie er es immer tut, wenn wir uns am Morgen begrüßen, nur dass es jetzt bereits später Nachmittag ist.

Er sieht Bruno dabei zu, wie er unsere Taschen in sein

Schlafzimmer trägt und grinst mich an. »Weißt du, dass Bruno ein total berühmter Maler ist?«, fragt er grinsend. »Aber vermutlich weißt du das, weil du Bruno wohl inzwischen sehr gut kennst.«

Ich gehe nicht auf seine Erkenntnis ein, weil ich eine Bewegung wahrnehme. Eine junge Frau kommt aus dem Schlafzimmer, in dem Sebastian geschlafen hat.

»Hi«, sagt sie leise und sieht mich verlegen an.

»Hallo«, erwidere ich und blicke meinen Sohn fragend an.

»Oh, Mama, das ist Tanja Buschmann. Sie kommt auch aus Deutschland, lebt aber in Civitavecchia. Es macht dir doch nichts aus, dass Tanja hier geschlafen hat, Bruno?«, ruft Sebastian ihm zu, während Tanja mir die Hand reicht.

»Guten Tag«, sage ich freundlich, wenn auch etwas verwirrt.

Bruno, der das Gepäck abgestellt hat, kommt zurück und schüttelt den Kopf. »No problema«, erklärt Bruno. »Heute Abend findet eine Ausstellungseröffnung statt. Ich hoffe, ihr habt Lust vorbeizuschauen.«

Sebastian sieht Tanja fragend an und sie nickt begeistert. »Ja, cool, Mann. Wir essen jetzt erst mal etwas.«

»Gut, ich werde mit deiner Mutter shoppen gehen. Seit um acht Uhr fertig.«

»Machen wir«, erklärt Sebastian und nimmt Tanja in den Arm, führt sie die Treppe hinunter.

Ich bleibe verwirrt zurück.

»Komm, cara mia. Sie hat nur blaue Haare, es hätte auch Lorenzo aus dem Zimmer kommen können.« Er grinst breit.

»Na, vielleicht sollte ich mal nachsehen, ob er dort noch im Bett liegt.« Ich zwinkere ihm zu und schnappe meine Handtasche.

10

Kapitel

Scandalo

Mit Julia durch die Straßen zu bummeln, macht mir mehr Spaß, als ich erwartet habe. Sie hat ein Gefühl für Farben und was ihr steht. Allerdings halten Sie die Preise von einem Kauf ab. Ich bin mir sicher, dass sie von mir keine Geschenke annehmen will, daher halte ich mich zurück. Ich lasse die Dinge hinter ihrem Rücken einpacken und direkt in meine Wohnung liefern. Es ist kein Problem, die Verkäufer kennen mich hier im Viertel. Einzig ein Halstuch, das ihr so gut gefällt, beschließe ich zu kaufen und ihr zu schenken. Zu meiner Überraschung nimmt sie es sogar an und bedankt sich mit einem zärtlichen Kuss.

»Ich würde gerne noch zum Friseur gehen. Hast du was dagegen?«, fragt sie, nachdem sie sich für den Abend ein elegantes Kleid gekauft hat.

»Nein, mach das. Ich werde inzwischen die beiden Bilder zur Galerie bringen, auf die dringend gewartete wird. Wir sehen uns dann in meiner Wohnung. Du kennst den Weg?«

Sie nickt. »Es ist ja nur die Straße hinauf.«

»Si, wir sehen uns später, cara mia. Hier ist ein Schlüssel für die Wohnung.« Ich drücke ihn ihr in die Hand, küsse sie und Julia betritt den Friseurladen mit einem Lächeln.

ICH STEHE vor dem Spiegel in Brunos Schlafzimmer, mustere mich von allen Seiten und bin mir nicht sicher, ob der Besuch beim Friseur wirklich eine gute Idee war. Meine Kleidung habe ich bereits ausgezogen, denn ich will noch kurz unter die Dusche und mich für den Abend frisch machen.

»Cara mia! Du bist zu…«

Ich drehe mich um und sehe Bruno aus dem Bad kommen, er ist nackt, und trocknet sich gerade ab. Immer wieder stockt mir der Atem, wenn ich ihn sehe. Ich liebe seine behaarte Brust, seine straffen Oberschenkel und die Muskeln an seinem Rücken. Und auch sein bestes Stück ist nicht zu verachten.

Er sieht mich überrascht an. »Deine Haare, die Farbe …

es gefällt mir.« Er kommt langsam auf mich zu. »Es gefällt mir sogar sehr.« Er schlingt das Handtuch um meinen Nacken, zieht mich so näher zu sich heran. »Ich wusste, dass du eine heißblütige Rothaarige bist.«

»Es ist meine Originalfarbe. Ich habe es tönen lassen, so wächst die richtige Farbe ohne Übergang nach.«

»Es gefällt mir sogar sehr.« Bruno beugt sich herunter und küsst mich. »Du gefällst mir sehr«, murmelt er an meinen Lippen und zieht mich an sich. »Ich will dich, cara mia.«

»Was sind das alles für Tüten?«, will ich wissen.

»Geschenke für dich. Ich habe sie direkt hierher liefern lassen, weil ich in den Geschäften keine Diskussionen beginnen wollte. Ich will dir das Leben zu Füßen legen, ich will dich verwöhnen und dich glücklich machen.«

»Bruno, du weißt genau, dass ich das nicht annehmen, kann und will.«

»Doch du kannst, auch wenn du nicht willst. Ich will es. So sehr, wie ich dich will.«

»Ich muss erst duschen«, versuche ich mich zu lösen, doch er lässt mich nicht gehen. »Später. Lass uns erst noch ein wenig Zeit miteinander verbringen. Ich hasse diese Ausstellungseröffnungen und sich zur Schau zu stellen. Ich bin froh, wenn ich wieder nach Marinella fahren kann. Aber jetzt will ich dir erst den Himmel auf Erden schenken.«

Seine Hände berühren meine Brüste und sofort bin ich Feuer und Flamme. In den Händen dieses Mannes bin ich Wachs und füge mich seinen Anweisungen. Nicht weil er es will, sondern weil ich es so will. Er lässt mir immer eine Wahl, so auch jetzt. »Du kannst natürlich auch duschen, doch dann müsstest du danach wieder duschen, denn ich werde keinen Zentimeter deines Körpers unberührt lassen.« Mit der Zunge leckt er über meine Halsschlagader, und spürt wohl, wie erregt ich bereits bin, denn er lächelt wissend. »Also, wie entscheidest du dich?«

Ich lache ausgelassen. »Du kennst mich schon sehr gut und weißt, wie du mich willenlos machst.«

»Darin bin ich ein Meister, bellina«, flüstert er, und dreht mich Richtung des Spiegels. »Ich werde dich jetzt von hinten nehmen, aber dir trotzdem dabei in die Augen sehen. Ich will dich ansehen, wenn du meinen Namen rufst.«

DREI STUNDEN später ziehe ich endlich mein neues Kleid an. Es ist aus dunkelgrüner Seide. Der Rock endet kurz unter dem Knie und es sieht perfekt aus. Es hat breite Träger und die Farbe harmoniert ausgezeichnet mit meinen Haaren. Ich fühle mich ungemein sexy. Vielleicht liegt es auch an dem guten Sex, den ich gerade hatte, egal was es ist, ich freue mich auf den Abend.

Die Galerie liegt im Erdgeschoss des Hauses. Es sind schon eine Menge Gäste anwesend. Bruno trägt einen edlen schwarzen Anzug zu einem weißen Hemd, das ihm am Hals offensteht. Er sieht so gut aus mit seiner Bräune und jetzt, wo er den Bart gekürzt hat, auch ungemein sexy. Ich bin stolz, dass er mich den Gästen als seine Freundin vorstellt. Die Mehrheit sind Italiener und viele Freunde von Bruno. Als ich Sebastian mit Tanja entdecke, bin ich froh, denn die einheimischen Gäste sprechen so schnell, dass ich das meiste nicht verstehe.

»Sebastian«, rufe ich erleichtert.

»Hi Mama.«

Oh, heute bin ich also Mama.

»Hallo, Julia«, grüßt mich Tanja und lächelt.

Ich erwidere das Lächeln. In Hamburg nennen mich Sebastians Freunde auch alle beim Vornamen, warum sollte ich bei Tanja eine Ausnahme machen?

»Tanja! Sie sehen sehr hübsch aus.« Sie trägt eine schwarze Satinhose mit einer bunten Bluse kombiniert, in der sich die Blautöne ihres Haares wiederfinden.

»Vielen Dank.« Sie nippt verlegen an ihrem Wasserglas und sieht Sebastian auffordernd an.

»Hör mal, Mama, Tanja und ich wollen heute Nacht nach München fahren. Sie hat dort Freunde, die wir besuchen wollen. Dir macht es doch nichts aus, alleine hierzubleiben, oder?«

Ich schüttele den Kopf. »Nein, natürlich nicht. Aber der Wagen …«

»Wir nehmen Tanjas Wagen, der hat ein wenig mehr PS, als der Fiat.« Er drückt mir mit einem Grinsen die Schlüssel des Leihwagens in die Hand, den ich unbeachtet in meine Tasche stecke. »Also, wenn du mich fragst, sieht diese Frau auf dem Bild dir total ähnlich, aber ich denke nicht, dass du nackt einem Maler modelsitzen würdest.« Sebastian deutet auf das Gemälde hinter mir.

Ich drehe mich um, und erstarre. Es ist das Bild, welches Bruno von mir gemalt hat und jetzt vollendet hier öffentlich in der Galerie aushängt. Es ist toll geworden und jetzt wo ich es fertig zu sehen bekomme, muss ich sagen sogar richtig gut. Nur wie soll ich meinem Sohn erklären, dass ich das auf dem Bild bin? Hektisch fahre ich mir durchs Haar.

»Hey, du hast dein Haar gefärbt«, fällt ihm auf.

»Nein, nur getönt und das ist meine richtige Haarfarbe«, gebe ich zu.

»Die steht Ihnen sehr gut, Julia«, urteilt auch noch Tanja. »Genau, wie auf dem Bild.«

Ich habe keine Ahnung, wie Bruno dieses Bild von mir so schnell fertigmalen konnte. Er muss es in der Nacht vollendet haben, eine andere Erklärung kann es nicht geben. Ich bin total verwirrt und sage besser nichts dazu.

»Wir machen uns jetzt auf die Socken. Grüß Bruno von uns. Wir sehen uns in einer Woche in Hamburg.« Sebastian küsst mich auf die Wange.

»Brauchst du Geld?«

»Nein, ich habe Geld von Papa bekommen.«

»Wann hast du ihn gesehen?«, frage ich überrascht.

»Vorgestern.« Damit machen sich die Kinder auf den Weg und mein Blick bleibt wieder an dem Gemälde hängen.

Ich mache mich auf die Suche nach einer Mitarbeiterin der Galerie und spreche sie an. »Entschuldigen Sie bitte, können Sie mir etwas zu diesem Bild sagen?« Ich deute zu der Wand.

»*Die Frau auf dem Stuhl* ist der Titel des Bildes«, erklärt sie mir freundlich.

»Wie lange hängt es schon in der Galerie?«, will ich wissen.

»Oh, Santa Christo hat es heute erst geliefert. Es ist ganz neu.«

»Ich möchte es kaufen. Egal, was es kostet.« Ich weiß, dass Bilder von Santa Christo vermutlich meinen Rahmen sprengen werden und ich muss wohl einen Kredit aufnehmen, aber ich will, dass dieses Bild von der Wand kommt.

»Das Bild ist mit einem schwarzen Punkt versehen«, sagt sie, als müsste ich wissen, was es bedeutet.

»Aha und das soll mir was sagen?«

»Die blauen Punkte bedeuten, dass das Bild zum Verkauf steht, die roten sind bereits verkauft und schwarze Punkt gehören zu Santa Christos unverkäuflichen Gemälden. Er wird es nach Beendigung der Ausstellung wieder mitnehmen.«

Na toll, dann werde ich hier für die nächsten drei Monate an der Wand hängen und jeder Kunde wird meine prallen Brüste bestaunen können. Von meiner blanken Scham mal abgesehen.

»Okay, vielen Dank.« Ich wende mich von der Mitarbeiterin ab und mache mich auf die Suche nach Bruno.

Ich sehe überall nach, doch kann ihn nicht auf Anhieb finden. Also spreche ich erneut eine Mitarbeiterin an.

»Ah, Signore Christo ist bestimmt mit Signore Remo in einer Besprechung. Signore Remo leitet die Galerie für Signore Christo. Sie gehen nur den Gang hinunter.«

»Dann gehört die Galerie Christo?« Warum bin ich immer wieder überrascht?

»Natürlich«, kommt als Antwort.

Natürlich.

»Grazie.« Ich folge der Wegbeschreibung. Den Flur entlang befinden sich eine Menge Türen. Einige stehen auf und führen in eine Art Lager. Dann gibt es noch die Toilettenanlagen und am unteren Ende des Gangs steht eine Tür auf, aber ein Vorhang verdeckt halb die Sicht in den Raum. Es sind Stimmen zu hören und es wird laut gelacht. Es sind auch Frauenstimmen darunter. Ich bekomme nur Wortfetzen mit, doch was ich höre, gefällt mir gar nicht. Guter Fick und Sexparty fallen.

Ich trete näher.

»Was ist das mit deiner deutschen Freundin? Bist du etwa in festen Händen?« Die Stimme ist mir unbekannt.

»Remo, du kennst mich doch. Ich ficke wann und wen ich will. Sie ist eine dumme deutsche Touristin, die ich schneller wieder verlasse, als sie Ficken sagen kann.« Er lacht und ich erkenne Brunos Stimme.

»Ah, tedesca … aber sie ist hübsch, allerdings ein wenig alt für dich, oder. Du nimmst doch sonst nur Frauen unter dreißig, sie ist doch mindestens vierzig. Allerdings hast du sie gemalt, also liegt dir was an ihr. Wäre sie nicht etwas für mich? Du weißt doch, dass ich auf ältere Frauen stehe.« Nun lachen beide.

Galle steigt mir auf und ich möchte im Strahl kotzen. Aber vielleicht habe ich das alles auch nur falsch verstanden. Mit den Fingerspitzen schiebe ich den Vorhang ein wenig zur Seite und sehe Bruno auf dem Sofa neben einem Typen sitzen, der vielleicht Mitte dreißig ist.

»Hier nimmt.« Remo reicht Bruno einen kleinen Spiegel, auf dem eine Linie mit weißem Pulver liegt, das Bruno mit der Nase inhaliert. Als sich dann auch noch eine junge Frau auf Brunos Schoß setzt und er ihr ungeniert an den Busen fasst, entfährt mir ein kleiner Laut und Bruno schaut mir geradewegs in die Augen.

Er zieht die Nase hoch und lacht. »Hey, cara mia. Komm zu uns und feiere mit.«

Ich schließe kurz die Augen und wünsche mir, ein Abgrund würde sich auftun. Doch so viel Glück habe ich nicht.

11

Kapitel

Arrivederci

Ein Glück, dass ich meine Reisetasche noch nicht ausgepackt habe. Ich schnappe sie mir, greife nach meiner Handtasche und finde dort den Schlüssel des Fiats, den Sebastian mir vor nicht mal einer Stunde in die Hand gedrückt hat. Als ich aus der Wohnung will, versperrt Bruno mir den Weg.

»Lass mich gehen«, fahre ich ihn an und will an ihm vorbei, doch er hält mich fest.

»Cara mia, jetzt warte doch mal.«

»Ich bin nicht deine Cara mia. Hör auf, mich so zu nennen. Ich bin doch nur eine dumme deutsche Touristin.«

Ich speie ihm die Worte vor die Füße und möchte am liebsten Spucken, doch meine gute Erziehung verbietet es mir.

»Du verstehst das völlig falsch …«

»Natürlich. Wie sollte es auch anders sein? Weißt du was, Bruno. Es interessiert mich nicht. Ja, du hast recht. Du kannst ficken, wen du willst, wann du willst. Nur mir wirst du nie wieder zu nahe kommen. Ich möchte das Bild von mir.«

»Das ist nicht verkäuflich.« Er lacht und seine Pupillen sind deutlich vergrößert, was dem Koks zu verdanken ist.

»Ich will es nicht kaufen, ich will, dass du es mir aushändigst. Ich bin auf dem Bild und will nicht, dass alle Welt mich nackt sieht. Du hast mir nicht gesagt, dass es öffentlich ausgestellt wird. Also gibt mir das Bild.«

Er lacht wieder und ich könnte ihn schlagen. »Das Gemälde gehört mir und ich werde mich davon nicht trennen.«

Ich verliere die Nerven. »Dann behalte es von mir aus. Es wird dich immer an die dumme alte Touristin erinnern, die du flachgelegt hast.«

»Ich konnte nicht anders. Remo ist hinter jeder Frau her, die mir gefällt. Er ist wie besessen davon. Also musste ich so tun, als wärst du mir egal. Du weißt doch, dass es nicht so ist.«

»Ja, weiß ich das? Warum falle ich in Gottes Namen immer auf selbstverliebte Egomanen herein?«

»Jetzt sei vernünftig und komm wieder auf die Party.« Er versucht es mit einschmeichelnder Stimme, doch ich bin viel zu wütend. Er hält noch immer meine Hand und ich reiße mich los.

»Geh zurück und ficke deine Nutten und zieh dir den Koks durch die Nase. Weißt du, was ich im Leben am Allermeisten verachte? Das sind Menschen, die ihr Leben mit Drogen verpfuschen, weil sie es alleine nichts gebacken bekommen. Mit Junkies will ich nichts zu tun haben, das kannst du vergessen.«

»Julia, jetzt mach mal halblang. Ich bin doch kein Junkie.«

Sein Blick sagt mir etwas anderes und ich schüttele den Kopf. »Tut mir leid, Bruno. Es war echt schön, dich kennenzulernen, aber das war es. Ich gehe zurück nach Santa Marinella und hoffe, du hast zumindest so viel Anstand, mir meine letzte Urlaubswoche in Ruhe zu gönnen. Du hast ja anscheinend wieder Wasser in deiner Wohnung.«

»Julia, bitte entschuldige diese Notlüge. Ich wollte in deiner Nähe sein. Bleib hier bei mir.« Bruno schwankt bei diesen Worten, er hat anscheinend schon eine Menge getrunken.

»Lebe wohl, Bruno. Die letzten Tage waren wirklich wunderschön. Aber die letzten Stunden haben das alles zunichtegemacht. Es war ohnehin nur eine Urlaubsromanze, mehr war nicht zwischen uns und mehr wird auch nicht zwischen uns sein.«

Bruno kommt näher, sieht mich intensiv an. Plötzlich

wirkt er gar nicht mehr so betrunken. »Rede dir das nur ruhig ein, Julia. Aber du und ich wissen, dass da mehr zwischen uns ist. Du liebst mich und wirst mich ohnehin nicht vergessen können. Du bist eine leidenschaftliche Frau. Eine, die nicht wahllos mit einem Mann ins Bett steigt. Du investierst immer Gefühle. Ich habe es gespürt, als ich tief in dir steckte. Du willst mehr davon, weil du Blut geleckt hast, wie es ist, von einem richtigen Mann geliebt zu werden.« Er sagt es, als wäre er wütend auf mich und ich weiß nicht, woher das kommt.

»Was ist denn mit dir? Warum weichst du von deiner Spur ab und schläfst mit einer Frau, die die dreißig schon weit überschritten hat? Wolltest du mal sehen, wie es ist, wenn die Haut nicht mehr so straff ist, die Titten der Schwerkraft nichts entgegenzusetzen haben?«

»Wie ich schon mal sagte, mit deinen Titten ist alles in Ordnung, doch du scheinst mir ja nicht zu glauben.«

»Ich habe genug Erfahrungen gemacht. In dieser Welt hat es leider nicht geklappt, aber weißt du was, Bruno? Im nächsten Leben wird es jemand geben, der meine Seele lieben wird. Nicht in diesem Leben, aber im nächsten. Und das erfüllt mich mit Freude, dass ich dieses hier mit Anstand zu Ende bringe werde. Allein, aber das macht mir keine Angst mehr. Ich renne nicht dem Dolce Vita hinterher, weil ich es sonst nicht ertrage, ich gebe meinem Leben einen Sinn, ohne mich mit Drogen und Alkohol zu betäuben. Ich wünsche dir wirklich alles Gute und dass auch deine Seele ein Zuhause findet, denn Geld und Ruhm hast du ja zu genüge, nur dein Seelenheil lässt wohl auf sich warten und das findet man nicht in einer Line. Arrivederci Bruno.«

Ich rufe den Fahrstuhl und steige schnell ein, drücke den Knopf für die Tiefgarage, ohne dass Bruno mir folgt. Ich bin noch nicht einmal überrascht, denn etwas anderes habe ich auch nicht erwartet.

12

Kapitel

Si, no, forse domani

Porca miseria!«, fluche ich und fahre mir durch die Haare. So hätte es nicht enden sollen. Ich will Julia nicht gehen lassen, doch ich weiß, dass ich es muss. So gut funktioniert mein Gehirn noch. Warum habe ich mich nur dazu hinreißen lassen so abfällig über Julia zu sprechen? An allem ist nur dieser verdammte Remo schuld. Dieser Kerl ist total auf mich fixiert und hinter jeder Frau her, die mir etwas bedeutet. Ich war der Meinung, dass Julia ihn sofort durchschauen wird, doch es ist alles aus dem Ruder gelaufen.

Ich gehe wieder hinunter und verabschiede mich von den Gästen der Ausstellung. Danach schmeiße ich Remo raus. Er hat mir seit Jahren immer nur Schwierigkeiten bereitet und bespreche die Angelegenheit mit den Angestellten. Danach ernenne ich Ada zur Geschäftsführerin. Sie ist in meinem Alter und arbeitet schon seit Jahren für mich. Wie mir scheint, scheinen die Angestellten froh zu sein, dass Remo nicht mehr zurückkehren wird. Ich habe viel zu lange die Zügel schweifen lassen und bin froh, dass Julia mir den Kopf gewaschen hat. Um sie werde ich mich später kümmern, ich muss erst einmal dafür sorgen, dass in der Galerie alles glatt läuft. Julia wird auch noch übermorgen in Marinella sein. Doch jetzt muss ich erst einmal schlafen, damit ich einen klaren Kopf bekomme.

Am nächsten Morgen mache ich mich an die Arbeit und sehe die Bücher durch. Wir machen eine Bestandsaufnahme und Ada stellt fest, dass drei Gemälde fehlen.

»Sind Sie sicher, dass die Gemälde nicht verkauft wurden, oder Sie sie mit aufs Land genommen haben?«, fragt sie und sieht mich über ihre Lesebrille skeptisch an.

»Nein, ich bin mir ganz sicher. Bilder in dieser Größe habe ich nicht in meinem Landhaus.«

»Dann gibt es nur eine Lösung. Remo hat sie unter der Hand verkauft und das Geld in die eigene Tasche gesteckt.«

Ich nicke. Genau dieser Gedanke schwirrt mir auch die ganze Zeit durch den Kopf.

»Wenn man bedenkt, wie besessen Remo von Ihnen war, kann ich mir gut vorstellen, dass er die Bilder als seine eigenen Werke ausgegeben hat.« Ada scheint ja keine hohe Meinung, von ihrem ehemaligen Chef zuhaben. »Ist es

Ihnen nie aufgefallen?«, fragt Ada und klappt eine Mappe zu.

»Ich dachte, es ging ihm nur um die Frauen in meinem Leben.«

Ada lacht hart auf. »Dieser Kerl hat eine Menge krummer Dinger laufen. Er landet früher oder später im Knast. So wahr ich hier sitze.«

»Warum hat mir niemand etwas gesagt?«, frage ich und lehne mich auf dem Stuhl zurück.

»Keine Ahnung, Sie haben sich in den letzten Monaten ja kaum sehen lassen und die Galerie ziemlich vernachlässigt.«

Sie hat vollkommen recht. Das habe ich wirklich.

»Ada, Sie haben völlig recht. Das wird sich in Zukunft ändern, nur muss ich mich erst noch um eine andere Sache kümmern und dazu muss ich zurück aufs Land.«

»Ihre Freundin?« Ada sieht mich prüfend an.

Ich nicke. »Ja, ich muss sie davon überzeugen, dass es mir ernst mit ihr ist.«

»Sie haben es noch nie ernst mit einer Frau gemeint.« Wie gut Ada mich doch kennt.

»Deshalb ist es auch so schwierig, ich habe keine Erfahrung damit.«

Ada verschränkt die Arme vor der Brust. »Eigentlich ist es gar nicht so schwer. Wir Frauen ticken wie alle Menschen. Wir wollen einfach nur geliebt werden und es nicht nur gesagt bekommen, sondern auch spüren.«

Ich beiße mir auf die Lippen. Ja, wenn alles auf der Welt nur so einfach wäre.

ES IST BEREITS drei Uhr als ich endlich vor dem Haus in Santa Marinella parke und aus dem Wagen aussteigen kann. Natürlich habe ich mich verfahren, weil mein Handy den Geist aufgab und ich auf ein Navi verzichtet habe. Der Schlüssel liegt in seinem Versteck und ich schrecke zusammen, als ich hinter mir ein Geräusch wahrnehme.

»Hallo Julia.«

»Martin! Mein Gott hast du mich erschreckt. Was machst du hier?« Ich muss erst einmal den Schreck verdauen, den er mir eingejagt hat.

»Ich habe gehofft, dass du hier bist.«

Er spricht sehr undeutlich. Ich schließe die Tür auf und schalte die Außenbeleuchtung an, da sehe ich die Bescherung. Sein Gesicht sieht aus, als hätte ihn jemand als Punchingball benutzt.

»Himmel, Martin! Was ist passiert? Komm rein, damit ich deine Wunden versorgen kann.«

»Nein, lieber nicht«, erklärt er und steht unschlüssig am Eingang.

»Keine Sorge, Bruno ist in Rom. Jetzt komm schon, du kannst ja kaum noch stehen.«

Unsicher betritt Martin hinter mir das Haus. Ich führe ihn in die erste Etage. Im Badezimmer finde ich alles, was ich brauche, um ihn zu verarzten, schließlich kenne ich mich damit schon aus.

»Was ist geschehen?«, will ich wissen.

Martin lässt sich vorsichtig auf dem Toilettendeckel nieder und ich wische ihm mit einem warmen Lappen das Blut aus dem Gesicht, um zu sehen, wie schlimm es wirklich ist.

»Ich bin heute Abend überfallen worden«, murmelt er leise.

»Lass mich raten, Franco der Ehemann von Letizia?«, fragend sehe ich ihn an, ohne mein Tun zu unterbrechen.

»Ich weiß es nicht.«

»Aber du weißt, dass Letizia verheiratet ist?«

»Woher weißt du von Letizia?«, fragt er verblüfft.

»So, wie ich immer alles weiß. Das kennst du doch. Ich habe euch beide gesehen. Gestern in einem Café in Civitavecchia. Ihr Mann ist krankhaft eifersüchtig und er gehört vermutlich der Mafia an, das hat mir Bruno erzählt.«

»Warum hast du mich nicht gewarnt?«

Sein Ton gefällt mir überhaupt nicht. »Jetzt mach nicht mich für deine Misere verantwortlich. Wir sind geschieden Martin und haben nichts mehr miteinander zu tun. Du solltest langsam anfangen, die Verantwortung für dich und dein Leben selbst zu tragen.«

»Aua!«, murmelt er, als ich ihm Jod auf die offenen Stellen tupfe.

»Sei nicht so ein Baby.« Ich klebe ihm ein Pflaster auf die Stirn, wo er eine kleine Platzwunde hat. »Du gehörst eigentlich in ein Krankenhaus. Warum fährst du nicht zurück zu deiner Frau?«

Martin sieht mich. »Weil ich nicht mehr kann.«

»Was? Hat sie dich rausgeschmissen? Habt ihr euch etwa getrennt?«

Martin presst die Lippen aufeinander. »Nein, sie ist gestorben.«

Was?

»Was? Wann? Warum hast du nichts gesagt?« Ich bin fassungslos.

»Sie hatte Krebs. Es ging sehr schnell. Ich habe sie vor zwei Wochen beerdigt. Ich wusste nicht, wie ich es dir sagen sollte. Ich muss erst einmal selbst damit klarkommen.«

Ich weiß, wie schwer es Martin fällt, allein zu sein. »Mein Beileid. Es tut mir wirklich leid.« Ich berühre seine Schulter und er zuckt zusammen. »Zieh dein Hemd aus.«

Martin tut mal zur Abwechslung das, was ich ihm sage, und unter dem Stoff seiner Kleidung kommen Hämatome zum Vorschein. Es hat ihn ganz schön erwischt.

»Du solltest sehen, dass du hier wegkommst. Wer weiß, was dieser Mafiosi sonst noch alles mit dir anstellt.«

Ich verteile eine Heilsalbe auf die betroffenen Stellen.

»Komm mit mir. Wir fahren gemeinsam zurück nach Hamburg«, bitte Martin. Sein Ton ist bittend, so habe ich ihn noch nie gehört, doch ich glaube, es ist keine gute Idee.

»Nein, Martin. Ich habe Urlaub und vor, ihn auch bis zum Ende hier in Italien zu verbringen. Meinen ersten

Urlaub nach so vielen Jahren, den lasse ich mir von niemanden vermiesen.«

»Was ist mit Bruno?« Martin scheint zu wissen, dass etwas nicht in Ordnung ist.

»Nichts. Er hat mir dieses Haus vermietet, mehr steckt nicht dahinter.« Ich packe die Salben und Pflaster ein.

»Julia, ich kenne dich. Du schläfst nicht einfach so mit einem Fremden.« Martin hält meinen Arm fest. »Sieh mich an. Dieser Kerl bedeutet dir was.«

»Vielleicht kennst du mich doch nicht so gut, wie du immer meinst. Er ist ein Urlaubsflirt, mehr nicht.« Ich hebe die Schultern, versuche, das alles als belanglos hinzustellen. Ich hoffe, ich bin überzeugender, als Martin es ist.

»Du weißt, dass dieser Bruno ein berühmter Maler ist.«

»Ja, natürlich. Woher weißt du es?« Dann wird es mir klar.

»Letizia hat es mir gesagt. Weißt du auch, dass Bruno mit ihr geschlafen hat? Ich denke, wir sollten beide von hier verschwinden. Dann kommst du also mit mir?«

Die Hoffnung in seiner Stimme lässt mich meine Meinung abrupt ändern. »Nein, Martin. Es tut mir leid, dass dein Leben im Augenblick so kompliziert ist. Du kannst heute Nacht in Sebastians Zimmer schlafen, aber morgen musst du gehen und ich werde noch ein paar Tage hierbleiben. Es ist sehr spät und ich bin furchtbar müde. Ich muss jetzt ins Bett.«

Martin nickt ergeben und erhebt sich. Ich zeige ihm die

richtige Tür. »Gute Nacht, Martin. Schlaf gut. Wir sehen uns morgen zum Frühstück.«

»Gute Nacht, Julia. Danke, dass ich heute hier unterkomme.«

Ich drehe mich um und nehme die nächste Tür.

»Julia«, sagt Martin leise.

Ich halte in der Bewegung inne. »Ja?«

»Du siehst heute wunderschön aus. Das Kleid steht dir ausgezeichnet und ich denke, rot ist doch die richtige Haarfarbe für dich. Bruno kann sich glücklich schätzen, dass du dich in ihn verliebt hast.« Er lächelt milde.

»Das habe ich doch gar nicht.«

»Doch, das hast du. Und ich kenne dich besser, als du glaubst.«

13

Kapitel

Non capisco

Obwohl ich sehr spät ins Bett komme, stehe ich am nächsten Morgen bereits um acht Uhr auf. Ich dusche um einen klaren Kopf zu bekommen, und ziehe eine gelbe Caprihose zu einem weißen T-Shirt mit einem U-Boot Ausschnitt an. Ich bin immer noch ganz benommen von der Nachricht, dass Martin nun Witwer ist. Das hat mich schon sehr getroffen. Ich kann nur hoffen, dass er nicht darauf abzielt, dass aus uns wieder ein Paar wird. Ich könnte mir vorstellen, dass Sebastian das gut gefallen würde, doch ich sehe das ganz anders. Für mich ist unsere Beziehung ein für alle Mal beendet. Ich habe sehr lange gebraucht um damit klarzukommen, aber jetzt geht es mir sehr gut ohne ihn und das soll auch so bleiben.

Als ich das Frühstück im Garten vorbereite, tritt Martin aus dem Haus. Er sieht heute schon besser aus, obwohl er immer noch sehr blass wirkt.

»Guten Morgen! Wie geht es dir?«, will ich wissen und verteile Müsli auf zwei Schalen. »Wir haben leider nicht viel im Haus. Ich werde später ein Brot backen.«

»Das macht nichts, ich habe keinen großen Hunger. Danke, mir geht es ganz gut. Wie geht es dir?« Er setzt sich und ich schütte ihm eine Tasse Kaffee ein. Keine Ahnung, warum ich mich immer noch dafür verantwortlich fühle, ihn zu versorgen.

»Ich habe schlecht geschlafen«, gebe ich zu.

»Das tut mir leid. Hast du es dir überlegt? Willst du mit zurück nach Hamburg fahren?«

Ich hebe die Schultern. »Ich weiß nicht. Ich möchte eigentlich noch ein wenig hierbleiben. Ich habe noch nicht viel von der Umgebung gesehen und würde gerne einige Touren und Ausflüge machen.«

»Gut, dann bleibe ich auch und wir können das gemeinsam machen.«

Sofort schüttele ich den Kopf. »Nein, Martin. Das hier ist mein Urlaub. Ich möchte ihn allein verbringen. Du solltest nicht vergessen, dass wir geschieden sind und das hat seinen Grund.« Ich sehe ihn intensiv an und er nickt.

»Ja, natürlich. Du hast recht. Ich weiß nur, dass du nicht

gerne alleine reist, also dachte ich, dass du vielleicht gerne Gesellschaft hättest.«

»Das hat sich in den drei Jahren geändert, in denen ich jetzt alleine bin. Ich mag die Einsamkeit und das Alleinsein. Es macht mir nichts mehr aus.«

Martin beginnt zu essen und kaut langsam das Müsli. Er ist immer noch ein schöner Mann und wird bestimmt keine Schwierigkeiten haben, eine andere Frau kennenzulernen. Er ist offen und freundlich und kann gut mit Menschen umgehen. Jeder findet ihn sofort sympathisch. Sie kennen ihn nun mal nicht so, wie ich ihn kenne. Er zeigt den Menschen immer ein anderes Gesicht und erst wenn man ihn näher kennenlernt, bekommt man die Chance, einen Blick hinter die Maske zu werfen und den wahren Martin kennenzulernen. Seine Unsicherheit, den Egoismus, die Art, Menschen für sich zu manipulieren und eine Marionette zu erschaffen. Ich bringe die Kraft nicht mehr auf, mich dem zu stellen, ich will diese Unterdrückung nicht mehr.

»Wann fährst du?«, will ich wissen.

»Direkt nach dem Frühstück. Ich habe Sebastian versprochen, ihn in München zu treffen.«

»Braucht er wieder Geld?«, frage ich grinsend.

Martin lacht und streicht sich sein schwarzes Haar aus dem Gesicht. »Ja, vermutlich. Er will mir seine Freundin vorstellen.«

»Tanja? Sie ist sehr nett. Ein wenig älter als Sebastian, denke ich. Ich habe sie gestern kennengelernt.«

Ich esse ein wenig Müsli, entscheide mich dann für einen saftigen Apfel.

»Wird Bruno zurückkommen?«, fragt er und trinkt einen Schluck Kaffee.

»Nein, ich denke nicht. Er hat in Rom zu tun«, lüge ich, denn ich habe keine Ahnung, was er wirklich vorhat.

»Er ist ein glücklicher Mann und weiß es nicht einmal«, murmelt Martin, dann erhebt er sich. »Es wird Zeit für mich.«

Es dauert nicht lange und Martin hat seine Sachen gepackt. Sein Auto hat er vor dem Haus geparkt und seine Reisetasche stellt er in den Kofferraum.

»Ich wünsche dir eine gute Fahrt. Grüß Sebastian und Tanja von mir.«

»Danke, werde ich machen. Ich wünsche dir noch einen schönen Urlaub.« Martin beugt sich herunter und küsst mich. Es ist ein leichter einfacher Kuss auf meine Lippen und ich habe das Gefühl, als würde ich Sebastian küssen.

»Danke. Wir sehen uns bestimmt in Hamburg.«

»Wenn du zurückkommst«, bemerkt er und geht zur Fahrerseite seines Audis.

»Daran gibt es keine Zweifel. Ich habe schließlich einen Job in Hamburg«, gebe ich zu bedenken.

»Den du nicht besonders magst.« Er grinst und klopft auf das Dach des Autos. »Mach‘s gut, Julia.«

Ich hebe die Hand und winke ihm zu, bis er die Straße erreicht und nicht mehr zu sehen ist.

. . .

AM SPÄTEN NACHMITTAG mache ich mich auf ins Dorf. Ich muss einige Lebensmittel einkaufen und fahre mit der Vespa. Es ist gar nicht so schwierig, wie ich dachte. Langsam schlendere ich über den Markt und kaufe frisches Obst, Gewürze und ein wenig Gemüse ein. In einem Lebensmittelladen erstehe ich auch noch ein wenig Konfitüre und Schinken. Ich freue mich auf die Rückfahrt. Das bunte Tuch, das Bruno mir geschenkt hat, weht dabei im Wind. In Santa Marinella habe ich mir ein paar schicke Sandalen gegönnt, in denen nun meine Füße stecken, und die rot lackierten Nägel sehen super dazu aus. Am Mittag habe ich auf der Terrasse an meiner Bräune gearbeitet, so dass ich mir in der Stadt noch einen Bikini gekauft habe. Ich habe nur einen Badeanzug dabei und denke, mein Bauch könnte auch etwas Bräune vertragen. Da ich alleine im Haus bin sieht mich niemand und so werde ich morgen einen Tag am Pool verbringen und die Sonne genießen.

Als ich vor dem Haus ankomme, stelle ich den Roller in den Schuppen und trage die Einkäufe ins Haus. Ich beschließe noch schnell ein Brot zu backen. Den Teig anzurühren geht schnell, nur muss die Hefe zwei Stunden gehen. Danach muss das Brot nur noch zwanzig Minuten in den Ofen, aber ich habe ja Zeit. Die Sonne wird erst in drei Stunden untergehen. Ich setze mich mit einem Buch in den Garten, und einige Zeit später beschließe ich mir ein Glas Wein zu gönnen. Bruno wird wohl nichts dagegen haben, wenn ich mich an seinem Vorrat bediene und ihm das Geld dafür dalasse. Eine Flasche seines guten Weins ist schnell gefunden, einen Korkenzieher leider nicht. Ich öffne alle Schubladen und muss sie wieder schließen, ohne dass mein Suchen von Erfolg gekrönt wird.

»Kann ich dir vielleicht helfen?«

Erschrocken zucke ich zusammen. Bruno steht in der offenen Terrassentür. Ich habe überhaupt kein Auto gehört.

»Entschuldige, ich wollte hier nicht rumschnüffeln, sondern suche einen Flaschenöffner.« Ich halte die Weinflasche in die Höhe. »Das Geld für den Wein habe ich dir auf die Anrichte gelegt«, erkläre ich völlig emotionslos. Na ja, vielleicht höre ich mich doch ein wenig zickig an.

»Mach dich nicht lächerlich. Ich brauche dein Geld nicht«, brummt Bruno und öffnet den Deckel einer Schatulle, holt dort einen kostbar aussehenden Öffner heraus.

Er streckt den Arm aus und ich drücke ihm die Flasche in die Hand. Geschickt entfernt er den Korken und schüttet zwei Gläser ein.

»Was machst du hier? Ich dachte, du würdest in Rom bleiben.« Ich ergreife eines der Gläser und trinke einen Schluck.

»Dachtest du? Ich wohne hier.« Er hört sich nicht freundlich an.

»Du hast mir das Haus noch eine Woche vermietet.«

»Ich habe dir den vorderen Teil des Hauses vermietet. Anscheinend hast du die Anzeige nicht richtig gelesen.«

Doch das habe ich und ich kann mich nicht erinnern, dass dort etwas von weiteren Mietern stand. Ich hole mein Handy heraus und sehe mir die Anzeige an. Da steht es schwarz auf weiß. *Der hintere Teil des Hauses beherbergt ein Atelier, das gelegentlich genutzt wird. Der Mieter erklärt sich damit einverstanden.*

Das hat er doch nachträglich geändert, da bin ich mir ganz sicher. Ich stecke das Handy wieder ein.

»Habe ich recht?«, will er wissen.

»Ich habe nur meine E-Mails gecheckt«, erkläre ich und werde rot. Schnell trinke ich noch einen Schluck. Mein Handy läutet, ich hatte mir eine Stoppuhr für das Brot gestellt.

»Was ist das?«

»Ich backe ein Brot«, erkläre ich und heize den Backofen vor. Dann fülle ich den Teig, der sich mittlerweile verdoppelt hat, in eine Kastenform, die ich im Schrank gefunden habe.

»Ich bringe meine Sachen ins Haus«, knurrt er und ist auch schon verschwunden.

Na toll! Ich dachte, ich würde den Rest meines Urlaubs in Ruhe und allein verbringen, doch es sieht nicht danach aus. Wenn Bruno in der Nähe ist, kann von Ruhe nicht die Rede sein.

Ich bereite einen Tomatensalat mit Mozzarella und frischem Basilikum, um meine Nerven zu beruhigen. Das Olivenöl, das ich auf dem Markt gekauft habe, schmeckt wundervoll fruchtig. Dazu gibt es noch eine selbstgemachte Knoblauchbutter, die besonders lecker zu dem warmen Brot schmecken wird. Natürlich reicht die Portion für zwei. Ich kann einfach nicht aus meiner Haut.

Auch decke ich den Tisch im Garten für zwei Personen. Als Bruno sich nicht sehen lässt, gehe ich ihn suchen. Ich finde ihn im Atelier. Er hat sich umgezogen, trägt seine kurze beige Hose und der Oberkörper ist nackt. Er hat nicht mehr viel mit dem Mann zu tun, der in einem schwarzen Anzug den Mann von Welt gibt und sich Koks durch die Nase zieht. Trotzdem kann ich das Bild nicht vergessen.

»Ich habe Brot und Salat gemacht. Möchtest du vielleicht mit mir essen?«, frage ich, nachdem ich an die offene Tür geklopft habe.

»Ich habe keinen Hunger«, knurrt er und wendet sich wieder der Leinwand zu.

Wer nicht will, der hat schon.

14

Kapitel

Crema solare

P*orca Madonna!*

Der Duft ihres verdammten Brotes verteilt sich im ganzen Haus, dass mein Magen zu knurren beginnt. Ich lege meine Pinsel zur Seite und gehe hinunter in den Garten, wo Julia ganz allein an dem Tisch sitzt und der Sonne dabei zusiehest, wie sie hinter dem Horizont verschwindet.

Ich lasse mich auf dem Stuhl nieder, den sie für mich vorgesehen hat, denn dort stehen ein Teller und das Glas Wein, das ich vorhin eingeschüttet habe.

»Wie ist die Ausstellung gelaufen?«, fragt sie und häuft

Tomatensalat auf meinen Teller, reicht mir die Schüssel mit dem Brot.

»Danke.« Ich nehme eine Scheibe, bestreiche sie mit der Kräuterbutter und beiße hinein. Verdammt, es schmeckt sogar noch besser als es riecht, geht es mir durch den Kopf. »Die Ausstellung war ein Erfolg. Allerdings habe ich Remo gefeuert«, gebe ich zu.

Erstaunt blickt Julia mich an.

»Er hat Geld unterschlagen und Bilder unter der Hand verkauft. Ich habe ihm vertraut und er hat mich bestohlen.«

»Das ist ja fürchterlich«, sagt sie und schüttelt den Kopf. »Es tut mir leid. Aber musst du dich gerade jetzt nicht ausschließlich um die Galerie kümmern?«

»Das habe ich heute den ganzen Tag gemacht. Ich habe Ada zur Geschäftsführerin ernannt. Sie arbeitet schon seit Jahren für mich und ich vertraue ihr. Ich weiß nicht, ob du sie kennengelernt hast. Eine Frau in meinem Alter, mit schwarzen Haaren und einer Brille.«

»Ja, ich habe kurz mit ihr gesprochen. Sie ist sehr sympathisch.«

»Sie ist bei den Angestellten sehr beliebt, Remo war es weniger. Ich habe zu lange die Augen vor der Wahrheit verschlossen und hätte ihn schon längst feuern müssen. Julia, du musst mir glauben, ich bin kein Mensch, der es nötig hat, Drogen zu nehmen.«

Sie hebt die Hand. »Bruno, du bist mir keine Rechenschaft schuldig. Es ist dein Leben und ich habe kein Recht, dir Vorwürfe zu machen«, sagt sie schnell und ihre Stimme klingt merkwürdig distanziert.

»Gut. Dann werden wir nicht mehr darüber reden«, sage ich. Sie hat recht. Sie hat nichts mit meinem Leben zu tun und bald werden sich unsere Wege wieder trennen, also sollten wir daraus kein Drama machen. Ich esse schnell. Der Salat und das Brot sind toll, doch ich bringe es nicht über die Lippen, es Julia zu sagen. Als ich fertig bin, erhebe ich mich. »Danke für das Essen«, sage ich leise und bevor ich die Terrassentür erreiche, ist Julia bereits in ihrem Buch vertieft.

ALS ICH AM nächsten Morgen erwache, fühle ich mich wie gerädert. Ich habe bis weit in die Nacht hinein gemalt und auf dem Sofa im Atelier geschlafen. Die ganze Nacht habe ich an Julia und ihren wunderschönen Körper gedacht. Im Morgengrauen bin ich aufgestanden und habe ein weiteres Bild begonnen, um sie zu malen. Ich habe versucht, ihre Konturen aus dem Kopf zu malen, doch nach einigen Stunden gebe ich auf und zerstöre die Leinwand. Ich dusche und als ich den Garten betrete, sehe ich Julia am Pool auf einer Liege, wie sie die Sonne genießt, und sich bräunt. Sie trägt einen Bikini, der ihre Kurven so richtig zur Geltung und mich um den Verstand bringt. Was fällt ihr ein? Da kann sie sich ja gleich nackt sonnen. Ich ziehe mir eine Badehose an und gehe hinunter. In der Küche schnappe ich mir eine Scheibe von ihrem köstlichen Brot und schenke mir eine Tasse Kaffee ein, dann gehe ich hinaus, nehme die Liege neben ihrer und mache es mir ebenfalls bequem.

»Guten Morgen. So früh schon wach?«, frage ich sie.

»Ja, wenn ich zurück nach Hamburg fahre, will ich zumindest ein bisschen Urlaubsbräune mitbringen.«

Sie nimmt ihre Sonnenbrille ab und erhebt sich. Im ersten Augenblick denke ich, dass sie ins Haus geht, doch dann steigt sie in den Pool und schwimmt.

»Das Wasser ist herrlich, du solltest es auch ausprobieren«, ruft sie mir zu.

Ich schlinge das Brot hinunter und spüle mit dem Kaffee nach, dann erhebe ich mich und springe kopfüber zu ihr in den Pool. Es spritzt und Julia schreit überrascht auf. Mit schnellen Zügen schwimmt sie davon, doch ich kraule hinter ihr her und am Beckenrand habe ich sie eingeholt.

»Ist es nicht wundervoll?« Sie streicht ihr Haar aus dem Gesicht.

»Ja, das ist es. Ich nutze den Pool viel zu selten«, gebe ich zu.

»Wenn ich einen Pool hätte, würde ich ihn vermutlich jeden Tag nutzen«, ruft sie und schwimmt wieder davon.

Ich folge ihr und überhole sie am Ende. Bevor sie den Rand erreicht, ziehe ich sie zu mir, sodass sie sich an mir festhalten muss, um nicht unterzugehen.

»Was machst du?«, ruft sie hektisch.

»Ich rette dich vor dem Ertrinken«, sage ich und schlinge einen Arm um ihren Körper, drücke sie fest an mich. Sie schlingt ihre Beine um meine Hüften und hält sich an meinen Oberarmen fest, damit sie nicht untergeht.

»Du brauchst doch keinen Bikini tragen. Wenn du ihn ausziehst, dann wirst du nahtlos braun«, raune ich ihr ins Ohr.

»Ich fühle mich so aber sehr wohl.«

Mit meinen Lippen fahre ich ihre Ohrmuschel entlang. »Ich aber nicht. Doch ich ziehe meine Hose nur aus, wenn du dich ebenfalls ausziehst.« Meine Lippen wandern weiter ihre Wange entlang, bis ich auf ihre Lippen treffe. Ich will diese Frau so sehr, dass es mir fast wehtut. Als Julia auf meinen Kuss eingeht und mich ebenfalls heftig küsst, schwindet meine Angst ein wenig, dass alles verloren ist. Sie macht mich verrückt und ich will nur noch sie.

In einem unerwarteten Moment macht sie sich frei, schafft es, mich unter Wasser zu drücken, und schwimmt davon.

Prustend komme ich wieder an die Oberfläche. »Julia!«, rufe ich und sehe, wie sie auf dem Pool steigt. Im Gehen löst sie das Oberteil und lässt es achtlos zu Boden fallen. Zieht an den Bändern ihrer Hose und lässt alle Hüllen fallen. Ich kann nichts weiter tun, als ihr sprachlos hinterher zu starren.

NACKT LASSE ich mich auf die Liege fallen und setze meine Sonnenbrille auf. Als Bruno ebenfalls aus dem Pool steigt, drehe ich mich auf den Bauch. Mehr bekommt er nicht von mir zu sehen.

Selbst als ich höre, wie er seine nasse Badeshorts auszieht, schaue ich nicht hin.

»Du solltest dich eincremen. Mit deiner hellen Haut kannst du dir leicht einen Sonnenbrand einfangen.« Bruno lässt sich neben mir auf der Liege nieder und ich kreische, als etwas Kaltes meine Haut trifft.

»Halt still, es ist nur zu deinem Besten«, sagt er mit einem Lachen auf den Lippen, dann beginnt er meinen Rücken einzucremen. Seine Bewegungen sind schnell und leicht gleiten die Finger über meine Haut. Er berührte meine Taille, dann den Po und die Oberschenkel, bis zu den Füßen hinunter.

»Das ist schön, so ein persönlicher Eincremer. Wenn es mit dem Malen nicht mehr klappt, solltest du überlegen, ob du das nicht beruflich machen möchtest. Ich meine, am Strand gibt es eine Menge Frauen die deine Hilfe gebrauchen könnten«, murmele ich.

»Diesen Service stelle ich nur für einer Frau zur Verfügung«, sagt er mit rauer Stimme. »Dreh dich um.«

Mir stockt der Atem. »Nein.«

»Du willst also nur auf einer Seite einen Sonnenbrand riskieren?«

Er weiß genau, was er will und wie er es bekommt. Ich gebe nach und drehe mich um. Die Gläser meiner Brille sind so dunkel, dass Bruno meine Augen nicht sehen kann. Aber ich kann ihn genau beobachten. Er sieht mich an und ich erkenne die Gier in seinen dunkelbraunen Augen. Er will mich und das macht mich wiederum heiß. Ich winkele ein Bein an. »Tu dir keinen Zwang an«, sage ich und seufze leise.

Bruno verteilt kleine Kleckse von Sonnencreme auf meinen Brüsten und verreibt sie qualvoll langsam. »Gefällt dir das?«

»Mhm«, antworte ich nur und bewege mich leicht.

»Auch das hier?« Er wandert tiefer, cremt meinen Bauch ein. Dabei ist es mehr ein Streicheln, so leicht gleiten seine Hände von einer Seite zur anderen.

»Ja.« Ich muss zugeben, je tiefer er wandert, umso flacher geht meine Atmung und umso schneller geht mein Puls.

Er arbeitet die Creme in meine Haut ein und es fühlt sich wundervoll an. Ich strecke meine Arme über meinen Kopf und ich drehe mich ihm entgegen.

»Du siehst so wunderschön aus, cara mia.« Seine Hände wandern weiter, bis zu meiner Schamgrenze. Als er mich dort berührt, kommt mir ein kleiner Schrei über die Lippen. »Halt ganz still. Ich werde dich lieben, mit meinen Händen und du wirst nach mehr schreien. Niemand kann dich hier hören, also kannst du dich ruhig gehenlassen, cuore mio.« Er beugt sich herunter und folgt der Spur seiner Hände mit den Lippen.

»Himmel, Bruno! Was machst du?« Meine Stimme hört sich merkwürdig tief an und ich winde mich, weil die Berührungen mich um den Verstand bringen.

»Dich lieben«, knurrt er und legt sich zu mir. Die Liege ist so breit, dass locker zwei Personen Platz finden. Er nimmt mir die Brille ab, um mir in die Augen zu sehen. »Dir zeigen, wie sehr ich dich will. Und wie sehr mir die Worte leidtun. Du bist mehr für mich, als ich jemals für möglich gehalten habe. Ich bitte dich um Entschuldigung, Julia.«

Ich berühre sein Gesicht mit den Fingerspitzen, fahre sein Kinn ab, reibe über die kurzen Bartstoppeln. »Warum kann ich dir nicht lange böse sein?«

»Das ist mein italienischer Charme«, vermutet er und grinst. »Und wenn der nicht hilft, dann sind es meine flinken Hände und diese unersättliche Zunge.«

»Dann zeig mir, was diese Zunge so alles draufhat.«

15

Kapitel

Grazie di tutto

Ich bekomme nicht genug von Bruno. Von ihm unter freiem Himmel geliebt zu werden, ist einfach grandios. Mein Körper erträgt keinen weiteren Orgasmus mehr, doch er fordert mich immer weiter heraus, bis ich seinen Namen laut herausschreie.

»Das wollte ich von dir hören. Meinen Namen auf deinen Lippen, wenn du kommst, cara mia.« Er sieht mir tief in die Augen und küsst mich.

Mein Herz schlägt so schnell und ich habe große Angst, dass ich es an ihn verliere. Ich muss mir bewusst werden, dass Bruno nur eine Gelegenheit ist. Ein Urlaubsflirt, nichts, was für immer währen wird. Es wird ein Ende geben, schon bald. Das muss mir klar sein, das sage ich mir immer wieder, und doch will mein Verstand nicht daran glauben. Es ist zu schön, zu umwerfend, zu überraschend. Mein Herz hört einfach nicht auf mich, sondern verliebt sich in diesen Mann.

Scheiße!

Ich stehe unter der Dusche und versuche seinen Geruch von meinem Körper zu waschen. Wir haben uns den ganzen Abend, bis tief in die Nacht geliebt und ich bekomme immer noch nicht genug von ihm. Ich werde heute einen Ausflug machen, denn ich brauche Abstand von ihm. Er geht mir unter die Haut. Bruno ist der Mann, nach dem ich mich ein Leben lang gesehnt habe, doch ich werde ihn nicht halten können, weil unsere Leben einfach zu verschieden sind.

Entschlossen stelle ich das Wasser ab und steige aus der Dusche. Schnell trockne ich meinen Körper ab und föhne mein Haar. Ich bin richtig verliebt in das rot und wähle eine weiße Hose mit einer weißen Bluse, binde das bunte Tuch um, dass Bruno mir geschenkt hat. Ich will mir Siena ansehen und die mittelalterlichen Ziegelgebäude. Wenn ich schon in Italien bin, kann ein wenig Kultur nicht schaden.

Bruno liegt noch im Bett und sieht mich fragend an als ich bereits fertig angezogen aus dem Bad komme.

»Was hast du heute vor?«, will er wissen.

»Ich fahre nach Siena, um mir die Stadt anzusehen.«

»Mit deinem Fiat?«, fragt er verblüfft.

»Glaubst du, er hält die zwei Stunden Fahrt dorthin nicht durch?«

Bruno schüttelt lachend den Kopf.

»Wundert mich nicht. Weißt du, was bei uns in Deutschland die Abkürzung Fiat bedeutet? Fehler in allen Teilen.«

Jetzt lacht er noch lauter. »Was hältst du von einer Stadtführung und einer Fahrt in einem Porsche, der die Fahrzeit um eine halbe Stunde verkürzt?«, fragt er und springt auf. »Ich dusche nur schnell. Mach uns schon mal einen Kaffee.«

Bruno trägt einen hellen Leinenanzug mit einem hellblauen Hemd. Bei jedem anderen hätte dieser Anzug vermutlich lächerlich ausgesehen, doch Bruno sieht einfach grandios darin aus. Wir fahren die E80 Richtung Norden und Bruno erzählt mir einiges über diesen Landstrich. Er ist ein wunderbarer Geschichtenerzähler und ich liebe es, ihm zuzuhören. Die Zeit vergeht so schnell, dass ich gar nicht mitbekomme, dass wir Siena erreichen. Erst als Bruno einen Parkplatz ansteuert, blicke ich mich verwundert um.

»Wir sind da, meine Schöne.« Er nimmt meine Hand und drückt mir einen Kuss darauf.

Zuerst steuern wir den Dom an. Er ist aus weißem und schwarzem Marmor erbaut und ein richtiger Prachtbau. Bruno kennt sogar einige Einzelheiten und ich lausche ihm gespannt. Ich schleife ihn zur Opera del Duomo und Palazzo Pubblico, sehe mir alles genau an und mache einige Fotos zur Erinnerung. Das Mittagessen nehmen wir auf einer Terrasse ein, obwohl dunkle Wolken aufziehen.

»Es wird erst am Nachmittag regnen«, erklärt Bruno, als ich bedenklich den Himmel betrachte.

Ich schenke ihm meinen Glauben. »Langweile ich dich nicht mit meinen Fragen? Du musst nicht für mich den Fremdenführer spielen, wenn du etwas Besseres zu tun hast.«

Bruno greift nach meinen Händen und drückt sie sanft. »Ich liebe es, meine Zeit mit dir zu verbringen. Du bist die Gesellschaft, die ich mir wünsche. Ich wünsche mir, du würdest hier bei mir bleiben.«

Ich blicke ihn überrascht an. »Ja, das wäre schön, nur ist es nicht möglich. Ich habe einen Sohn in Hamburg, meinen Job und eine Wohnung. Mein Leben spielt sich dort ab.«

»Und einen Ehemann.«

»Ex-Ehemann. Ich habe dir noch gar nicht erzählt, dass Martin von Letizias Mann verprügelt und ziemlich übel zugerichtet wurde.« Seine Reaktion zeigt mir, dass er es gewusst hat. »Du wusstest es schon, nicht wahr?«

Bruno nickt. »Ja, ich habe einen Anruf erhalten, dass er sich auf meinem Grundstück aufhält.«

Aha.

»Ich habe seine Wunden versorgt und er hat eine Nacht hier geschlafen.«

Bruno mustert mich. »Hast du mit ihm geschlafen?«, fragt er mich und seine Stimme klingt plötzlich reserviert.

»Nein, wie kannst du das nur denken? Natürlich nicht. Er hat in Sebastians Zimmer geschlafen, also in dem Gästezimmer.« Diese Art von Verdächtigungen gefallen mir gar nicht und plötzlich kommt mir ein Gedanke. »Bist du deshalb zurückgekommen? Weil du dachtest, Martin wäre noch hier?« Ich fasse es nicht. Es war also pure Eitelkeit, die ihn zurück nach Santa Marinella getrieben hat. Mir ist der Hunger vergangen. Entschlossen stehe ich auf, noch bevor wir etwas bestellen können.

»Ich habe keinen Hunger und möchte jetzt gehen.«

Bruno erhebt sich ebenfalls und folgt mir. »Julia, jetzt warte doch mal.«

Ich bleibe stehen und blicke ihn skeptisch an. »Was Bruno? Noch weitere Unterstellungen und Verdächtigungen? Du bist doch der Mann, der von freier Liebe spricht, und dann nimmst du es mir übel, wenn ich einem Mann helfe, der in Not ist? Martin mag zwar mein Ex-Mann sein, aber trotzdem ist er mir nicht egal.«

»Wenn er dir nicht egal ist, dann solltest du versuchen ihn zurückzugewinnen.«

Ich schnaufe. »Das ist wirklich absurd. Weißt du, Martin hat gerade erst seine Frau verloren und du wirfst mir vor …«

»Seine Frau verloren? Was redest du da? Ich habe einige Erkundigungen eingezogen und da war seine Frau zumindest noch so lebendig, um ihn aus der gemeinsamen Wohnung zu werfen. Ich glaube, dein lieber Ex-Mann hat dir gehörig einen Bären aufgebunden.«

Ich blicke Bruno an und kann nicht fassen, was er mir da erzählt. »Das ist nicht wahr!«, rufe ich aufgebracht.

»Oh, cara mia. Ich denke doch. Im Gegensatz zu deinem Ex habe ich es nicht nötig dich anzulügen.«

Ich will noch etwas sagen, doch der hochmütige Blick von Bruno lässt mich verstummen. Ich drehe mich um und laufe ohne auf ihn zu achten, zum Wagen zurück. Ich will nur noch nach Hause. Und damit meine ich nicht das Haus von Bruno.

16

Kapitel

Arrivederci amore mio

Warum willst du gehen?« Bruno steht auf der Schwelle zum Schlafzimmer, die Arme vor der Brust verschränkt und schaut mich an.

»Weil ich total durcheinander bin. Ich weiß keinen Ausweg. Warum lügt Martin mich dermaßen an? Warum benimmst du dich, als würde dir das alles nicht passen. Ich bin genau das, was du gesagt hast – eine dumme Touristin. Was soll das alles?« Ich sehe ihn fragend an.

Bruno beißt sich auf die Lippen, als muss er sich selbst daran hindern, etwas zu sagen, dass er nicht will.

Jetzt wäre genau der richtige Zeitpunkt, mir zu sagen, dass er mich liebt und ich bei ihm bleiben soll, doch ich bin so sicher, dass er mir das nicht sagen wird, nicht sagen kann. Er liebt Frauen. Zu meinem Unglück liebt er alle Frauen, nicht nur eine, nicht mich allein. Und nur das kommt für mich infrage und ich glaube, das weiß Bruno, deshalb bleibt er stumm.

»Okay. Wie sagtest du so schön? Die Stille stellt keine Fragen, aber sie kann auf alles eine Antwort geben. Ich habe meine Antwort erhalten. Die Zeit mit dir war schön Bruno, aber auch die schönste Zeit geht einmal vorbei.«

»Ich möchte nicht, dass du Mitten in der Nacht mit dem Auto fährst.«

»Ich fahre höchstens zwei Stunden bis zum Flughafen und wir haben gerade mal vier Uhr. Von *Mitten in der Nacht* kann also keine Rede sein. Ich komme klar, so wie immer.« Ich packe meine Sachen weiter ein, ohne auf Bruno zu achten.

»Wenn du meinst«, murmelt er wütend und verlässt den Raum.

Ich versuche mir einzureden, dass ich hier das Richtige tue. Ich darf mich nicht weiter in ein Verhältnis mit Bruno verstricken. Ich würde meine Existenz aufs Spiel setzen und am Ende alles verlieren. Ich habe schon zwei Mal neu angefangen, ein drittes Mal würde ich es nicht schaffen. Es dauert nicht lange, bis ich alles eingepackt habe. Es sind ohnehin nur noch wenige Tage von meinem Urlaub übrig, dann wäre ich zurück nach Hamburg geflogen. Was machen ein paar Tage eher da für einen Unterschied?

Ich trage die Tasche und den Koffer die Treppe hinunter,

da nimmt Bruno mir das schwere Gepäck ab und hievt es in den Fiat. Schnell hole ich den Rest der Sachen.

Ich stelle meine Handtasche auf den Beifahrersitz und gehe auf die andere Seite, wo Bruno auf mich wartet.

»Halte nicht an und nimm keine Tramper mit«, rät er mir.

»Nein, tue ich nicht. Mache ich nie.«

»Bene … fahr vorsichtig.«

»Ja, immer … dann heißt es jetzt wohl Abschied nehmen.« Ich zupfte an seinem Kragen.

»Vielleicht überlegst du es dir ja anders und kommst zurück. Nicht heute, aber irgendwann.« Bruno blickt mir suchend in die Augen, hofft wohl, dass ich meine Meinung ändere, doch das werde ich nicht.

»Mach‘s gut und vielen Dank für alles. Ich habe die Tage hier wirklich genossen. Du bist ein Glückspilz, weißt du das?«, frage ich und lächele.

Er nickt. »Ja, das bin ich, denn ich habe dich kennengelernt.« Dann beugt er sich hinunter und küsst mich. Nicht stürmisch, wie ich es eigentlich erwartet hätte, sondern sanft und zärtlich. Es ist einer dieser Küsse von denen man sich wünscht, dass sie nie enden werden. Doch er endet, wie alles im Leben.

»Ciao«, murmele ich und steige ein, kurbele das Fenster herunter.

»Arrivederci, Julia. Vergiss mich nicht.«

»Wie könnte ich«, sage ich leise und lasse den Motor an,

gebe Gas. Dann stoppe ich den Wagen, lasse den Motor aber laufen.

»Bruno!«, rufe ich laut, als er sich bereits abgewandt hat. »Ich liebe dich!«, rufe ich, doch er scheint mich nicht zu hören.

Er hebt die Hand und winkt. Dann gebe ich Gas und schaue nicht mehr zurück.

17

Kapitel

Zwei sind einer zu viel

Hamburg
3 Monate später

Das regnerische Wetter kann einem echt auf die Nerven gehen. Ich blicke aus dem Fenster und die Sicht auf den Hafen wird mir genommen, weil Tropfen wie kleine Tränen die Scheibe herunterrinnen.

»Julia! Hörst du mir zu?«

Ich wende mich mit dem Drehstuhl um und blicke die Menschen an, die an der Redaktionskonferenz teilnehmen.

Gina, meine Assistentin, die zu allem Überfluss Italienerin ist und mich jeden Tag an meine schönsten Tage erinnert, blickt mich irritiert an. Ebenfalls mit am Tisch sitzen Jacky, die eine Kolumne in der monatlichen Ausgabe unserer Modezeitung veröffentlicht. Petra, die für Make-up und Frisuren zuständig ist. Robert, der Klatsch und Tratsch bearbeitet und Tilda, die den Bereich Mode unter sich hat.

»Hast du gehört, was ich gesagt habe?«, fragt Gina und sieht mich mit ihren großen braunen Augen an. »Wir haben eine Einladung zu einer Vernissage bekommen und es wäre doch eine tolle Idee, wenn du mit Robert dort auftauchst. Wir könnten einen Bericht über Mode und Kunst bringen und Robert wird mit Sicherheit einige Promis dort auftun.«

Robert sieht mich aufmunternd an. »Das wäre doch ein toller Aufmacher für die nächste Ausgabe.«

»Wir haben bereits einen Aufmacher für die nächste Ausgabe«, erkläre ich.

»Ja, aber Mode für Schwangere ist bei weitem nicht so interessant, wie, was trage ich zu einer Vernissage. Falle ich auch ja auf und ist mein Outfit ein Kunstwerk!«, erklärt Robert und nimmt mir so den Wind aus den Segeln, weil er die Zustimmung aller Beteiligten erhält.

Klar, Mode für Schwangere ist eine kleine Zielgruppe, doch für mich neuerdings sehr von Interesse. Spätestens seit dem frühen Morgen, als ich einen Schwangerschaftstest gemacht habe und das Ergebnis zwei Balken war. Eindeutig einer zu viel. Es hätte nur ein Balken sein müssen. War es aber nicht.

So eine Katastrophe!

Ich war mir so sicher, dass ich nicht schwanger werden konnte, als ich mit Bruno am Pool ohne Schutz schlief. Wie hatte ich nur so leichtsinnig sein können. Aber in dieser Zeit habe ich viele Dinge getan, die leichtsinnig waren. Darunter mich in Bruno Christo heillos zu verlieben, obwohl ich wusste, dass diese Liebe keine Zukunft hatte. Und nun bekomme ich sein Kind und das mit dreiundvierzig.

»Julia! Was ist denn heute los mit dir? Du bist gar nicht bei der Sache. Geht es dir nicht gut?« Gina sieht mich neugierig an. Sie kennt die Geschichte um Bruno. Ihr habe ich davon erzählt. Sie ist eine gute Freundin und wir teilen viele Geheimnisse. Sie war es auch, die mir geraten hatte, nach Santa Marinella zu reisen. Also trägt sie im Grunde Schuld an meiner Misere.

»Nein, alles bestens. Es könnte den Umständen entsprechend nicht besser gehen«, erklärte ich mit einem lauten Lachen.

Die Mitarbeiter sehen mich an, als hätte ich nicht alle Tasse im Schrank.

Im Grunde weiß ich schon seit ein paar Wochen von meiner Schwangerschaft. Ich kenne meinen Körper gut und er beginnt sich zu verändern. Als meine Periode ausblieb, war mir sofort klar, was los ist. Ich wollte es nicht wahrhaben. Doch kann man die Augen vor dem Offensichtlichen verschließen? Vermutlich nicht.

»Also gut, gehen wir zu dieser Vernissage und schauen,

was Kunst mit Mode am Hut hat«, entscheide ich und beende unsere Sitzung für den heutigen Tag.

»Wann ist denn diese Vernissage?«, frage ich Gina, als wir gemeinsam den Meetingraum verlassen und ich in Richtung meines Büros gehe.

»Morgen schon. Ich hoffe, du hast nichts vor?«

»Was sollte ich schon vorhaben?«, frage ich und ziehe die Augenbrauen in die Höhe.

»Na vielleicht hat dein Ex es endlich geschafft, dich zu einer Verabredung zu überreden.« Gina grinst breit.

Seit drei Monaten ruft Martin regelmäßig an, um mich zu einem Treffen zu überreden, doch ich lehne jedes Mal ab. Nachdem ich mich persönlich davon überzeugt hatte, dass seine Frau noch am Leben ist, habe ich jeden Kontakt zu Martin abgebrochen. Mich so anzulügen, weil er einen Unterschlupf brauchte, ging gar nicht. Mittlerweile hat er wohl auch seinen Job verloren, aber ich bin sehr froh, dass mich das alles nichts mehr angeht. Jetzt ist er in die Staaten geflogen. Er ist weit weg und im Grunde denke ich gar nicht mehr an ihn. Anders sieht es mit Bruno aus. Er ist der Mann, der täglich meine Gedanken beherrscht. Ich habe auch viel Zeit dazu. Sebastian hat mittlerweile ein Jurastudium in München begonnen und Tanja ist zurück nach Civitavecchia gegangen. Ich habe Sebastian nichts von der Lüge seines Vaters erzählt. Ich will kein böses Blut schüren und Martin ist nun mal der einzige Vater, den Sebastian kennt. Die beiden verstehen sich gut, also warum sollte ich Sebastian mit solchen Problemen belasten.

»Ich glaube, Martin hat endlich aufgegeben. Ich habe morgen Zeit.«

»Wenn nicht, weißt du ja, wen du zu dieser Vernissage schicken kannst.«

Ich nickte lächelnd. Gina hat schon länger ein Auge auf Robert geworfen und würde zu gern mit ihm zur Ausstellung gehen. »Ich kann es mir denken.« Zwinkernd verschwinde ich in mein Büro und rufe meine Frauenärztin an, um einen Termin zu vereinbaren.

AN NÄCHSTEN NACHMITTAG geht es mir nicht gut. Mir ist übel und ich gehe schon früh nach Hause, drücke Gina die Karte für die Vernissage in die Hand.

»Ich denke, du bist fitter als ich. Ich habe Kopfschmerzen und werde früh zu Bett gehen. Dir ein schönes Wochenende, wir sehen uns am Montag mit einem vollständigen und ausführlichen Bericht über die Vernissage«, erkläre ich ihr.

»Geht es dir nicht gut? Du bist schon eine ganze Weile so blass. Julia, was ist los? Muss ich mir Sorgen um dich machen«, will Gina wissen.

Ich presse die Lippen zusammen, weil ich nicht weiß, ob es eine gute Idee ist, ihr die Wahrheit zu sagen. Ich blicke zur Tür und seufze.

Gina schließt die Tür und kommt zurück zum Schreibtisch. »Raus mit der Sprache, was ist los?«

»Ich bin schwanger«, platzt es aus mir heraus. Ich bin froh, es jemand erzählen zu können.

Gina macht große Augen, dann lacht sie. »Sag das noch mal.«

»Du hast richtig gehört. Ich bin wirklich schwanger und das in meinem Alter.«

»Was soll das denn heißen. Du bist ja noch keine sechzig. Wer ist der Vater. Sag bitte nicht, dass es Martin ist.« Sie lässt sich auf die Kante des Schreibtischs nieder.

»Nein, natürlich nicht. Das wäre auch gar nicht möglich. Er hat doch eine Vasektomie machen lassen. Bruno ist der Vater«, gebe ich leise zu.

»Oh mein Gott. Das ist ja ein Ding. Du bekommst ein Kind von il grande«, ruft sie begeistert.

»Gina, bitte. Es darf niemand erfahren. Zumindest so lange nicht, wie man noch nichts sieht. Ich will meinen Job nicht gefährden und in den nächsten Monaten kann ich jeden Cent gebrauchen. «

»Das ist doch Ehrensache, Schätzchen. Meine Lippen sind versiegelt. Aber soll ich dir was sagen. Ich freue mich für dich. Vielleicht nimmt das alles doch noch ein gutes Ende.«

Ich wünschte, ich könnte ihren Optimismus teilen.

18

Kapitel

Die Frau auf dem Stuhl

Den Abend lasse ich ruhig angehen. Meine Übelkeit ist verschwunden, nachdem ich mir ein Ginger Ale gegönnt habe. Ingwer ist gut bei Schwangerschaftsübelkeit und hat mir schon bei Sebastian geholfen. Nachdem ich geduscht habe, mache ich es mir vor dem Fernseher gemütlich, als mein Handy sich meldet.

Es ist Gina. »Hi Gina. Was ist los? Bist du nicht zur Vernissage gegangen?«, nehme ich das Gespräch an.

»Da bin ich ja gerade und ich glaube, du solltest kommen«, sagt sie.

Ich kann sie schwer verstehen, weil es so laut im Hintergrund ist.

»Warum?«, will ich wissen. »Ist Robert nicht da?«

»Doch, natürlich. Aber du musst trotzdem kommen.«

Ich verstehe nicht, was sie von mir will. »Gina, ich bin schon ausgezogen.«

»Dann zieh dich wieder an und kommt endlich her. Beeile dich.«

»Aber warum denn?«

Sie räuspert sich. »Weil hier eine Frau an der Wand hängt. Eine Frau auf einem Stuhl und sie ist nackt und sieht aus wie du.«

Bei diesen Worten beginnt mein Herz schneller zu schlagen. »Okay, ich bin in einer halben Stunde da.«

»OHNE EINLADUNG DARF ich Sie nicht durchlassen.« Der Mann von der Security sieht mich mitleidig an.

»Hören Sie, wir haben exklusiv eine Einladung zu dieser Vernissage erhalten. Meine Mitarbeiter sind bereits schon drin.«

»Das ist schon richtig, aber Sie haben nur zwei Einladungen erhalten und zwei Personen sind bereits eingetroffen. Von einer dritten Person steht hier nichts.«

Oh Mann, wie kann man nur so verbohrt sein.

»Sie haben keine Vorstellung mit welchen Ausreden die Leute sich hier Zutritt verschaffen wollen, Lady.«

Lady!

Wo kam der Typ denn her?

»Ich denke, auf eine Person mehr kommt es heute

Abend nicht an, Luis. Lassen Sie die Dame bitte durch. Sie ist meine Begleitung.«

»Sehr wohl, Herr Christo.«

Ich starre Bruno an und glaube zu träumen.

»Bruno? Was machst du denn hier?«, frage ich völlig überrumpelt, obwohl ich nach Ginas Anruf, doch mit so etwas rechnen musste. Bruno ist in Hamburg.

»Buonasera, Julia.« Bruno küsst mich auf beide Wangen. »Willkommen auf meiner Ausstellung.«

SIE SIEHT MÜDE AUS. Julias Urlaubsbräune ist längst verblasst, aber für mich ist sie die schönste Frau, die ich je gesehen habe, obwohl sie dunkle Ringe unter den Augen trägt. Vermutlich arbeitet sie zu viel.

Ich drücke ihr ein Glas Sekt in die Hand, doch sie lehnt ab. »Nein, danke. Keinen Alkohol.«

Verwundert sehe ich sie an. Keinen Alkohol? »Was ist los?«

Julia wandert durch die Ausstellung und hebt die Schultern. »Ich vertrage ihn nicht so gut.«

Aha! Seit wann das denn?

»Warum wurde nicht vorher bekannt gegeben, dass es deine Ausstellung ist?«, fragt sie und greift stattdessen auf dem Tablett eines Kellners nach einem Glas Orangensaft. Er enthält ebenfalls Sekt, nur weiß sie es nicht.

»Es ist nicht nur meine Ausstellung. Ich arbeite mit zwei jungen Talenten zusammen und so haben wir die

Ausstellung *Pittura e arte* auf die Beine gestellt. Sie wird noch in zwei anderen Städten gezeigt. Berlin und München.«

»Oh, dann reist du also viel durch die Welt.«

»Nein, ich bin nur jeweils bei der Eröffnung dabei.«

Sie nickt und nippt an dem Glas. »Mist«, murmelt sie, als ihr bewusst wird, dass sie mit dem Orangensaft danebengegriffen hat. »Habt ihr nicht etwas ohne Alkohol.«

»Hier nimm meines.« Eine junge Frau drückt ihr ein Glas Mineralwasser in die Hand und nimmt ihr den Orangensaft ab.

»Gina! Da bist du ja. Wo ist Robert?«

»Er führt ein Interview mit einem der Künstler«, erklärt sie und blickt mich fragend an.

»Oh, Bruno … das ist Gina Alvera, meine Assistentin. Gina, das ist Bruno … Santa Christo.«

Wie immer, wenn mein Name fällt, verändert sich die Reaktion der Menschen. Der Name Santa Christo öffnet eben Türen, nur nicht bei Gina. Ihr Blick wird dunkler, abweisender.

»Santa Christo. Sie sind das also«, sagt sie wenig begeistert.

»Signora Alvera. Es ist mir eine Freude, sie kennenzulernen.« Ich reiche ihr die Hand. Sie ergreift sie, blickt aber Julia an.

»Geht es dir gut?«, fragt sie leise und dieser Satz lässt mich in Panik geraten, weil Julia direkt ein wenig blasser wird.

»Was ist mit dir?«, frage ich in einem Ton, der davon zeugt, dass die Antwort mir wichtig ist.

»Nichts. Ich hatte heute nur Kopfschmerzen«, sagt Julia in einem Ton, der erkennen lässt, dass sie lügt.

»Julia, bitte.« Ich sehe sie eindringlich an.

»Wir sind hier, um einen Aufmacher für die nächste Ausgabe zu finden, daher …«

Ich unterbreche sie. »Du hast deine Mitarbeiter für die Recherche dafür geschickt. Warum bist du hier?«, will ich wissen.

»Weil ich hier nackt an einer Wand hänge«, zischt sie mir leise zu, was mich zum Lächeln bringt.

»Du hast eine wunderschöne Figur, warum sollen die Menschen sie nicht sehen?«, frage ich leise.

»Weil es mir vielleicht peinlich ist«, flüstert sie.

»Na ja, das Gemälde ist auf jeden Fall ein Knaller«, erklärt Gina und grinst breit. »Schade, dass deine Figur bald nicht mehr so schlank ist.«

»Gina!«, ruft Julia aufgebracht und ihre Wangen färben sich dunkelrot.

Ich habe keine Ahnung, was hier gespielt wird, doch ich befürchte, dass es mich betrifft.

»Gina, es war sehr nett, Sie kennenzulernen. Aber ich denke, ich sollte mit Julia unter vier Augen sprechen.«

»Bekommen wir ein ausführliches Interview von Ihnen, Santa Christo?«, hakt sie schnell nach.

»Ja, natürlich. Sagen Sie wann und wo und ich werde da sein.«

»Am Montag um neun Uhr in unserer Redaktion? Die Adresse kennen Sie ja.«

»Gut, ich werde da sein.«

BRUNO FÜHRT mich in den hinteren Bereich der Galerie, dorthin wo es wesentlich ruhiger ist. Hierher verirren sich nur einzelne Gäste, die die Toilette aufsuchen.

»Julia, was ist los. Dir geht es nicht gut, das sehe ich dir an«, sagt er besorgt und ergreift meine Hand.

Allein diese Berührung lässt mich erzittern. Er ist mir so nah und seine Nähe tut mir so gut. Die letzten einsamen drei Monate fallen wie vertrocknetes Laub von mir ab. Wenn Bruno in meiner Gegenwart ist, fühlt es sich an, als wäre der Sommer zurück. Ich schätze mal, dass ich selbst im tiefsten Winter so fühlen würde.

»Mir geht es gut. Wirklich sehr gut, auch wenn ich im Augenblick nicht so aussehe. Aber es ist alles in bester Ordnung.«

»Womit ist alles in Ordnung?«, will er wissen.

»Mit … mir … und …«

»Und wem? Martin?«

»Martin? Wie kommst du denn jetzt auf Martin?«, frage ich verblüfft. »Meinen Ex-Mann habe ich seit drei Monaten nicht mehr gesehen. Du hattest recht. Seine Frau lebt noch, er hat mich total belogen und ich habe ihm geglaubt. Obwohl er immer wieder versucht hat Kontakt mit mir aufzunehmen, bin ich nie darauf eingegangen. Mittlerweile ist er in die Staaten geflogen, das hat Sebastian mir geschrieben.«

»Was ist es dann?« Er lässt einfach nicht locker.

Ich blicke zur Seite.

»Julia, cara mia, sprich mit mir. Du spürst es doch auch, dass es ein Fehler war, dass wir uns in Santa Marinella getrennt haben. Du gehörst zu mir.«

Verdammt, er hat ja recht. Ja, ich spüre es auch und habe ihn so unendlich vermisst. »Du willst mich zurück? Du willst, dass ich zu dir nach Italien ziehe?«, frage ich unsicher.

»Ja, ja genau das will ich.«

»Ich würde mein ganzes Leben umkrempeln, alles hinter mir lassen, was ich mir in den letzten Jahren aufgebaut habe, ganz von vorne bei null anfangen«, gebe ich zu bedenken. »Ich weiß nicht, ob ich mutig genug für diesen Schritt bin.«

»Ich bin es für uns beide. Ich will das alles, ich will dich. Auch ich gebe viel auf. Meine Freiheit. Ich habe mein Herz noch nie in die Verantwortung eines anderen Menschen gegeben, doch bei dir bin ich mir sicher. Du bist die Frau, mit der ich den Rest meines Lebens verbringen will. Ich bin mir so sicher wie noch nie in meinem Leben. Ich liebe dich, Julia.« Er sieht mich so zuversichtlich an, dass ich alle Angst verliere.

»Ich komme aber nicht allein, Bruno«, sage ich leise.

»Ich weiß. Aber Sebastian ist schon erwachsen und hat

sein eigenes Leben. Aber er ist jeder Zeit bei uns willkommen.«

»Ich spreche nicht von Sebastian. Ich spreche davon, dass wir ein wenig zu unvorsichtig waren. Ich spreche davon, dass ich schwanger bin.« Jetzt ist es raus und für einige Sekunden bleibt mir die Luft weg. Doch dann atme ich weiter und warte darauf, dass Bruno etwas sagt. Irgendetwas. Doch er bleibt stumm.

19

Kapitel

Das Bild an der Wand

Er hat nichts gesagt. Gar nichts. Bruno hat mich nur angestarrt, als hätte ich erklärt, der Mond wäre explodiert. Zumindest hat er sich die Frage verkniffen, ob er auch wirklich der Vater ist. Ich glaube, selbst als ich die Vernissage verlassen habe, stand Bruno immer noch sprachlos da.

Ich hätte wissen müssen, dass das Thema Kinder nicht sein Thema ist. Immerhin wird er bald sechzig, da hat man das Thema abgehakt. Trotzdem hat mir seine Reaktion, nämlich keine Reaktion, einen Stich versetzt. Hätte ich je darüber nachgedacht, das Kind nicht zu bekommen, was ich nicht habe, so wäre jetzt der Punkt, an dem ich mir sicher bin, dass ich dieses Kind will. Ich bin noch nicht so alt, wie ich immer dachte, und eine neue Energie beflügelt mich. Ich werde diesem Kind alle Liebe zukommen lassen, mit der es gezeugt wurde. Zumindest von meiner Seite. Ich liebe seinen Vater, wie ich noch nie einen Mann geliebt habe, und das wird dem Kind zugutekommen.

Das Wochenende verbringe ich damit, Pläne zu schmieden. Sebastian muss sein Zimmer räumen, weil dort demnächst ein Kinderzimmer einziehen wird. Er weiß noch nichts von seinem Glück, aber so, wie ich meinen Sohn kenne, wird er kein Problem damit haben. Ich suche die Adresse von verschiedenen Hebammen heraus und recherchiere, wer einen guten Leumund hat. Ich schaue mir immer wieder das Foto an, dass meine Ärztin mir mitgegeben hat. Es ist kaum etwas zu erkennen, doch ich bin mir sicher, dass es wieder ein Junge wird. Ich denke über Namen nach. Es soll etwas Italienisches sein. Ich weiß, das ist alles noch viel zu früh, aber ich muss mich beschäftigen, um mich darüber hinwegzutrösten, dass der Vater keine Rolle in dem Leben meines Kindes spielen wird. Mal wieder nicht. Aber das ist nichts, was ich nicht schon kenne und so habe ich keine Angst davor. Ich werde dem blöden Schicksal den ausgestreckten Mittelfinger zeigen.

AM MONTAG IST die Morgenübelkeit wie weggeblasen. Ich muss noch nicht einmal auf mein Ginger Ale zurückgreifen. Voller Elan dusche ich, ziehe mich heute hübsch an.

Jetzt, im Oktober, ist es schon kühler, aber heute scheint die Sonne und ich entscheide mich für ein Kleid. Wie von Zauberhand getrieben, greife ich zu dem grünen Kleid, dass ich mir in Rom gegönnt habe, und binde mir auch den Schal um, den Bruno mir geschenkt hat. Ich lege sogar etwas Make-up auf, das meine Augenringe retuschiert.

Als ich die Redaktion betrete, ernte ich anerkennende Blicke meiner Mitarbeiter. Die Zeit des Trübsal Blasens ist vorüber. Die Welt wird mich kennenlernen, und zwar wie.

Nachdem ich meine Bürotür öffne, bleibe ich wie angewurzelt stehen. Gina saß nicht an ihrem Platz, also kann ich nicht nach ihr rufen, um zu erfahren, wie dieses Bild an meine Wand kommt. Verwundert halte ich in meiner Bewegung inne. Es ist das Gemälde, das Bruno von mir gemalt hat. *Die Frau auf dem Stuhl.* Es ist eindeutig das Original.

»Ich dachte mir, es würde sich hier gutmachen, aber so richtig gefallen, tut es mir nicht. Ich denke, es ist besser in meinem Haus in Santa Marinella aufgehoben.«

»Bruno! Was machst du hier?« Ich blicke zu dem Mann, der zu der Stimme gehört, die hinter meinem Rücken aufgetaucht ist.

»Ich habe deinen Leuten ein Interview gegeben«, erklärt er lakonisch.

Das Interview! Das hatte ich total verdrängt. Jetzt weiß ich auch, warum mein Unterbewusstsein mir zu diesem Kleid geraten hatte.

»Oh, ja. Und wie ist es gelaufen?«, frage ich, nur um überhaupt irgendetwas zu sagen.

»Willst du das wirklich wissen?«, fragt er und drängt mich in mein Büro, schließt die Tür hinter mir.

»Heißt das jetzt, dass du mir das Bild überlässt?«, frage ich und nicke Richtung des Werkes an der Wand.

»Ja, es hat schon immer dir gehört, so wie mein Herz. Ich habe es mir nur für eine gewisse Zeit ausgeborgt, doch jetzt gehört es ganz dir.«

Bruno kommt langsam auf mich zu. Er sieht gut aus, trägt einen dunkelblauen Anzug, ein weißes Hemd und seine Bräune hat keinen Deut eingebüßt. Er ist sogar rasiert, na ja, bis auf einige Stoppeln, die ich so in seinem Gesicht liebe. Das Haar ist kürzer und die weißen Strähnen sind deutlich mehr geworden.

»Du hast dir die Haare schneiden lassen und deinen Bart gestutzt«, bemerke ich.

Er lacht. »Ja, und ich habe auch einige graue Haare mehr bekommen.«

»Ich hoffe nicht wegen mir«, meine ich scherzhaft.

»Doch, ich denke schon. Keiner Frau bin ich bisher so hinterhergelaufen, wie ich es bei dir getan habe. Aber ich denke, es lohnt sich. Ich glaube, bis zum Frühling werde ich meinen Bart ganz rasieren müssen. Ich will die empfindliche Kinderhaut nicht mit einem Bart reizen.«

Ich schnappe nach Luft, um etwas zu sagen, aber es fällt mir in diesem Augenblick nichts ein. Mein Kopf ist wie leergefegt.

»Ich gebe zu, mein Verhalten am Freitag war sehr unschön. Ich hätte etwas sagen müssen, doch ich war zu geschockt, um etwas zu sagen. Nein, nicht geschockt, ich war überrascht. Selten gab es etwas, das mich sprachlos werden ließ, die Neuigkeit, dass ich Vater werde, ist aber eine davon.«

Ich atme laut aus. »Dann stehst du also zu dem Kind?«, frage ich zaghaft.

»Nein.«

Okay, so hatte ich mir das auch nicht vorgestellt, nein, ich bin nicht überrascht. Enttäuscht trifft es schon eher. Jetzt werde ich mein Pokerface behalten und lächele leicht. »Das habe ich auch nicht erwartet«, sage ich leichthin.

Er hebt seine Hand. »Sei nicht immer so vorschnell und lass mich ausreden, cara mia. Ich stehe nicht nur zu dem Kind, sondern auch zu dir. Ich will, dass wir eine richtige Familie sind. Ich bitte dich, Julia, meine Frau zu werden.«

Okay, jetzt bin ich sprachlos.

Ich starre Bruno an, als hätte er den Verstand verloren.

»Bruno … das geht nicht. Wir kennen uns kaum …«

»Wir sind aus dem Alter heraus, um zu prüfen, ob es ein Leben lang hält. Wir sind alt genug zu wissen, dass unsere Zeit begrenzt ist und wir keine Sekunden vergeuden sollten. Ich weiß, dass du mich liebst, du hast es mir gesagt und ich war zu arrogant um es glauben zu können. Aber ich liebe dich auch und ich werde unser Kind lieben. Ich denke, ich bin nun alt genug, um die Verantwortung für einen anderen Menschen zu übernehmen. Für zwei andere Menschen. Dich und unser Kind. Das heißt, wenn du einwilligst meine Frau zu werden und mit mir nach Italien zu ziehen. Etwas anderes kommt für mich nicht infrage. Und wenn es sein muss, werde ich sogar in dieses fürchterlich kalte Hamburg ziehen. Ich werde alles tun, um mit dir den Rest meines Lebens zu verbringen.«

Ich mache einen Schritt auf ihn zu, lege ihm meine Arme um den Hals. »Selbst, wenn es bedeuten würde, dass du auf deine Sommerbräune verzichten musst«, frage ich mit einem Lächeln auf den Lippen.

»Selbst dann«, gibt er zu und nimmt mich in die Arme.

»Warum, Bruno. Sag mir warum. Nur des Kindes wegen?« Ich muss es wissen.

Er blickt mich ernst an und schüttelt den Kopf. »Nein, nicht des Kindes wegen. Das ist ein freudiges Ereignis, aber er gibt nicht den Ausschlag.«

»Warum dann?«

»Du hast meinen Namen gerufen, damals als du Santa Marinella verlassen hast. Du hast mich Bruno genannt. Für dich war ich immer nur Bruno und nicht der Santa Christo, den die Menschen in mir sehen. Du liebst mich und nicht meinen berühmten Namen.«

»Genauso ist es. Also denke nicht, dass ich die Windeln alleine wechsle, nur weil du einen berühmten Namen trägst.«

»Das würde mir niemals einfallen, cara mia.« dann verschließt er mir den Mund mit einem heißen Kuss und auf einmal ist die Welt für mich geradegerückt. Sie dreht sich immer noch, und diesmal sogar in die richtige Richtung.

20

Kapitel

Der Baum auf dem Hügel

Santa Marinellla
9 Monate später

Ich betrete das Atelier, in dem die tief stehende Sonne die letzten Sonnenstrahlen durch die Fenster schickt.

»Was wird das?«, frage ich Bruno interessiert und lege mein Kinn auf einer Schulterseite ab. Er sitzt auf seinem Künstlerstuhl vor der Staffelei und skizziert mit schnellen Strichen.

»Ein Baum. Erinnerst du dich an die Aussicht von

gestern, als wir mit Beatrice das Picknick veranstaltet haben? Ich werde es *Der Baum auf dem Hügel* nennen.«

»Ein echter Santa Christo, der kein Akt ist. Das ist ja etwas ganz Neues. Das wird die Kunstwelt auf den Kopf stellen.«

Bruno lacht und dreht sich zu mir um, zieht mich auf seinen Schoß. »Im Augenblick kann nur eines meine Welt ins Wanken bringen und das ist der Anblick meiner geliebten Tochter. Wo ist sie?«

»Ich habe ihr gerade die Brust gegeben und jetzt schläft sie friedlich in ihrem Bettchen. Wenn wir viel Glück haben, wird sie heute Nacht wieder durchschlafen. Das wäre wirklich ein Erfolg.«

Bruno küsst mich verlangend. »Dann sollten wir vielleicht auch ins Bett, damit wir vorbereitet sind.«

»Ich weiß genau, was du vorhast, aber ich werde mich auf kein weiteres Kind einlassen«, erkläre ich und versuche mich von seinem Schoß zu befreien, doch er hebt mich einfach auf seine Arme und trägt mich hinüber in unser Schlafzimmer.

Wir haben das Bett so umgestellt, dass man einen direkten Blick auf das Meer hat. Ich seufze zufrieden. Kann man glücklicher sein? Der Sommer in Italien ist wunderbar und ich habe die beiden liebsten Menschen an meiner Seite. Mein Mann Bruno und meine Tochter Beatrice. Die Kleine ist nun drei Monate alt und sieht einfach zum Vernaschen aus, mit ihren rosigen Wangen und den dunklen Locken. Selbst ihre Augen sind ganz dunkel und wenn sie einen damit anblickt, habe ich das Gefühl, in Brunos Augen zu blicken. Jetzt fehlt mir nur noch Sebastian zu meinem Glück. Er will in drei Wochen zu uns kommen, um etwas mit mir zu besprechen. Ich hoffe nicht, dass er vorhat, plötzlich zu heiraten oder so etwas. Aber was es auch sein mag, ich habe das Gefühl, mit Bruno an meiner Seite alles ertragen zu können.

»Wie wäre es, wenn ich dich mal wieder male. Ganz privat und nur für mich. Vielleicht liegend auf dem Sofa im Atelier?«, fragt Bruno und beginnt meine Bluse aufzuknöpfen.

»Habe ich dabei etwas an?«, frage ich vorsichtig.

»Nein, aber das ist auch nicht schlimm, denn ich werde ja auch nichts tragen«, erklärt er und seine Augen blitzen dabei schelmisch auf.

»Mhm, das wäre schön, aber ich habe Angst, dass dieses Bild dann wieder ohne mein Wissen in einer Galerie landet.«

»Das könnte möglich sein, aber sei unbesorgt. Dieses Bild wird ebenfalls unverkäuflich sein.« Sein Blick geht zur Wand über dem Bett, wo das Bild *die Frau dem Stuhl* hängt.

Bevor ich etwas erwidern kann, hören wir ein leises Wimmern.

»Ich denke, unsere Tochter wird uns einen Strich durch die Rechnung machen. Sie muss vermutlich noch gewickelt werden.« Ich will mich erheben, doch Bruno hält mich auf.

»Warte, ich mach das schon. Das ist ein Fall für Papa Bruno. Und während ich mich darum kümmere, kannst du ja schon mal ins Atelier gehen und deine Kleidung loswerden.«

Ich lache leise auf. »Das könnte dir so passen, Papa Bruno. Ich denke, ich werde hier auf dich warten und weiter die Aussicht genießen.«

Er drückt mir einen Kuss auf die Lippen. »Was immer du möchtest, cara mia, ich werde es tun. Denk immer daran, deine Seele wird nicht nur im nächsten Leben jemanden finden, der sie liebt. In diesem Leben bin ich es, die deine Seele liebt, und das für immer.«

Danksagung

Ich habe vielen Menschen zu danken, die mir geholfen haben, dieses Buch entstehen zu lassen:

- meine Lektorin Melanie, für das Korrigieren, die Stiländerungen und das Lesbarmachen

- den Testlesern, für eure hilfreichen Anmerkungen und Ideen

- den Lesern für ihre Treue

- meinen Stammlesern, die sich auf das Abenteuer Dystopie eingelassen haben

- meinen Kindern, für ihre Geduld und das Interesse, das sie immer wieder an meinen Büchern bekunden.

Ich hoffe, es hat euch gefallen und wir lesen uns bald wieder!

Ihr wisst, wie wichtig Rückmeldungen für die Autoren

sind. Daher bitte ich euch diesmal, um eine Rezension auf den diversen Plattformen. Helft mir, diese Geschichte vielen Menschen zugänglich und bekannt zu machen.

Eure

Kajsa Arnold

Leseprobe

Die Stunde unserer Träume
Kajsa Arnold schreibt als Tessa Alberti

Zitat

Zur Ehre Gottes,
zum Besten des Vaterlandes,
zu Hamburgs Wohl.
(Kaiser Wilhelm II.)

Kapitel 1

Hamburg, 07. Januar 2020
Harvestehuder Weg

»Diese Kartons gehören zum Altpapier. Da sind nur alte Zeitungen drin.« Berit Bartoll wies auf einen Stapel von fünf Umzugskartons, die in der Ecke des Kellers standen und der Entrümpler verdrehte die Augen, kratzte sich den Hinterkopf. Sein Haar war schon ganz grau von dem Staub, der hier im Keller durch das Heraustragen der Kisten aufgewirbelt wurde.

»Sie haben ja `nen ganz schönen Müll angesammelt«, murrte er, zerrte aber die Kisten aus der Ecke.

»Das ist kein Müll, sondern das Leben meiner Eltern«, murmelte Berit abwesend und warf einen Blick in den nächsten Karton, von dem sie nicht wusste, was sein Inhalt war. Sie wühlte darin herum, fand neben alten Alben, Tagebüchern und Zeitungsausschnitten auch eine Schatulle, die mit kitschigen Steinen und Muscheln besetzt war, solche, wie man sie am Strand fand. Obwohl das Teil billig aussah, zog sie es unter all dem Krimskrams heraus, denn diese kleine Kiste war ihr vorher noch nie untergekommen. Müde strich sie sich über die Stirn.

»Kommt das ebenfalls weg?«

Berit zuckte erschrocken zusammen, denn sie hatte gar nicht mitbekommen, dass der Mann zurückgekehrt war. Sie schüttelte den Kopf. »Nein, dieser Karton nicht, den nehme ich mit«, erklärte sie schnell und trat zur Seite, um ihm Platz zu machen.

Sie sah sich im Keller um, der so gut wie leer war. »Der Rest kommt auf den Sperrmüll«, sagte sie entschlossen und der Mann nickte ihr zu. »Ich bin dann oben, wenn Sie mich hier nicht mehr brauchen, Herr Krämer.«

Langsam stieg sie die steile Treppe hinauf, die sie

wieder ans Tageslicht brachte. So eine Hausauflösung war eine Menge Arbeit. Nicht nur, dass man sich mit dem alten Zeug aus längst vergangenen Tagen abmühte, man wurde auch mit einem Ruck zurück in die Kindheit befördert. Erinnerungen schwirrten einem durch den Kopf, die längst vergessen schienen. Nicht nur Spielzeug, Möbel und Tapeten riefen diese Flashbacks hervor, auch Gerüche und Klänge, die wie wabernde Nebelfelder unsichtbar in den Räumen hingen, brachen über einen mit unerwarteter Wucht herein. Stimmen längst Verstorbener, derer man sich nicht erinnern wollte, oder deren Erinnerungen zu schmerzvoll waren, zehrten an den Nerven.

Tief atmete Berit aus, als sie endlich wieder im hellen Wohnzimmer stand. Alle Wohnräume waren mittlerweile leer. Das Haus konnte an den Käufer übergeben werden. Sie klopfte sich den Staub von der Hose, der sich auch bei ihr festgesetzt hatte. Es war nicht besonders gescheit gewesen, eine weiße Bluse anzuziehen, wenn man einen Keller ausräumt, ging es ihr durch den Kopf. Naja, es war nicht mehr das neuste Modell und die Jeans würde sie später einfach in die Waschmaschine werfen.

Es klingelte an der Tür, obwohl der Eingang offen stand. Neugierig lief Berit hinüber in den Flur und sah einen großgewachsenen Mann dort stehen. Er trug einen langen schwarzen Mantel, um seinen Hals einen grauen Schal und unter dem Arm eine abgetragene Ledertasche. Sein Kopf zierte eine neumodische Mütze, die am Ende etwas länger war. Beanie wurde sie wohl genannt. Berit wusste das, weil sie Fynn, ihrem Sohn, so ein Modell erst kürzlich zum Geburtstag geschenkt hatte.

Der Gast war konservativ gekleidet, sein Gesicht jedoch noch jung. Er schien in Berits Alter zu sein, vielleicht ein wenig älter, aber auf keinen Fall über vierzig.

»Moin«, sagte er mit einem norddeutschen Akzent und reichte ihr die Hand. »Mein Name ist Nathan Dietzel. Ich bin Notar und suche Frau Berit Bartoll.«

Berit lächelte freundlich. »Dann haben Sie mich wohl gefunden. Guten Tag, Herr Dietzel. Wir haben gestern miteinander telefoniert.« Sie reichte ihm die Hand, die er freundlich lächelnd ergriff.

Er nickte zustimmend. »So ist es. Es freut mich, dass wir uns endlich persönlich kennenlernen. Sie sind also die Person hinter der interessanten Stimme.« Er sah sie aufmerksam an, dann schweifte sein Blick ab. »Das ist das Objekt, das zum Verkauf steht? Ein wunderbares Anwesen.« Er hörte sich wie ein Makler an, dabei war er der Anwalt, der den Verkauf notariell begleiten sollte.

»Ja, das Haus meiner Kindheit. Schon meine Urgroßeltern haben hier gelebt«, berichtete sie ein wenig stolz.

»Und dann wollen Sie sich davon trennen?« Gemeinsam schritten sie durch die Räumlichkeiten, die im Erdgeschoss lagen. Da waren der große Salon, dessen Türen in den Garten hinausgingen sowie das angeschlossene Esszimmer. Die Küche mit einer altmodischen Durchreiche, die sich aber immer als sehr praktisch erwiesen hatte. Hier gab es noch den üblichen schwarzweißen Fliesenspiegel. Der

Raum bedurfte einer Renovierung, das war nicht zu übersehen.

»Ja, es wird Zeit, alte Zöpfe abzuschneiden. Das Haus ist für mich allein viel zu groß geworden. Meine Kinder sind erwachsen und studieren in Berlin und Freiburg«, gab Berit preis.

»Sie haben schon erwachsene Kinder?« Die Frage klang belanglos, jedoch kam es Berit so vor, als glomm Interesse in seinem Blick auf, aber vermutlich war es nur Einbildung.

Nathan Dietzel hatte sehr schöne Augen. Hellblau und glänzend. Sehr außergewöhnlich.

»Ja, ich bin sehr früh Mutter geworden, das kann auch seine Vorteile haben, nun habe ich mit fünfunddreißig bereits mein Leben zurück.« Berit lachte verlegen.

»Aber das teilen Sie doch sicherlich mit Ihrem Mann.«

Sie schüttelte den Kopf. »Nein, ich war nie verheiratet, sondern habe meine beiden Kinder alleine großgezogen. Nur haben meine Söhne leider kein Interesse an dem Haus, obwohl auch sie hier aufgewachsen sind.« Berit hörte selbst, wie bemitleidenswert ihre Worte klangen und rügte sich innerlich dafür, dass sie sich so gehen ließ. Das interessierte den Mann mit Sicherheit nicht und sie hielt ihn nur auf.

»Bitte entschuldigen Sie, ich rede und rede, anstatt Ihnen das Haus zu zeigen.« Sie lächelte verlegen.

»Sagen Sie das nicht. Ich interessiere mich immer dafür, welche Geschichten hinter so einem Objekt stecken. Ihre hört sich sehr faszinierend an, wenn ich das sagen darf, genau wie Sie«, erwiderte er und sah sie wieder so intensiv an.

Berit wurde es ganz warm, Hitze stieg ihr in die Wangen. Flirtete er etwa mir ihr? »Vielen Dank für Ihr Interesse, Herr Dietzel. Manche Häuser erzählen sicher ungewöhnliche Geschichten. Wollen wir uns noch das Obergeschoss ansehen?«

Er nickte und Berit schritt die Holztreppe in die erste Etage hinauf. »Hier gibt es vier Schlafzimmer, dazu ein Arbeitszimmer und zwei Bäder. Ich denke, genau die richtige Größe für eine große Familie. Haben Sie Kinder?«, fragte Berit und hoffte, dass diese Frage nicht allzu neugierig klang.

»Nein, dazu ist es bei mir nie gekommen. Ich bin Witwer. Meine Frau kam vor einigen Jahren bei einem Autounfall ums Leben«, erklärte er ohne Emotionen.

»Oh, das tut mir leid. Bitte entschuldigen Sie meine Neugier.« Berit schaute verlegen aus einem der Fenster, die in den Garten zeigten. Der Tag war nebelig und feucht. Ein richtiger Januartag in Hamburg.

»Muss es nicht. Es ist fast sechs Jahre her. Ja, das Leben verläuft oft anders, als man es plant. Wir sind nur Statisten in diesem Spiel, das man Leben nennt nicht wahr?« Er nahm seinen Schal ab und steckte ihn in die Manteltasche. »Ein wirklich schönes Haus, das Sie besitzen«, wechselte er abrupt das Thema, »und dazu in einer der besten Lagen von Hamburg. Sie dürften keine Schwierigkeiten haben, das Objekt zu verkaufen. Haben Sie sich schon an einen Makler gewandt?«

Berit schüttelte den Kopf. »Es gibt ein befreundetes Paar, das Interesse bekundet hat. Der Verkauf ist so gut wie unter Dach und Fach. Daher benötigen wir einen Notar. Ich wollte nur, dass Sie sich vorher noch ein Bild von dem Haus machen, bevor sie den Vertrag aufsetzen. Ich habe auch noch Blaupausen des Grundrisses, die ich Ihnen gerne überlassen kann, wenn Sie diese benötigen.«

Dietzel nickte. »Das ist ja super. Die nehme ich gerne mit. Das Haus hat auch einen Keller?«

»Ja, natürlich. Dort waren früher die Küche und Hauswirtschaftsräume untergebracht. Das Personal schlief ganz oben, dort ist jetzt nur noch der Dachboden.«

»Gut, dann wollen wir uns mal an die Arbeit machen.« Dietzel sah sie aufmunternd an und Berit nickte.

»Ja, es wird Zeit, diese Ära hinter sich zu lassen.«

2. Kapitel

Hamburg, 23. September 1913
Speicherstadt

Lore blickte zu den Fenstern hinauf, durch die das Licht einfiel und eigenartige Muster auf den Holzboden zeichnete. Kleine Kreise, denen sie versuchte, auszuweichen. Auf den Zehenspitzen sprang sie von Kreis zu Kreis, obwohl sie eigentlich viel zu alt für solch ein Spiel war. Eine Tür fiel laut zu und sie erschrak. Warum musste es hier im Kontor immer so schummrig sein? Mit schnellen Schritten lief sie die langgezogene Treppe zu den Büros hinunter. Vater hasste es, wenn sie sich im Lager herumtrieb. Aber er war für einige Tage nach Lübeck gefahren, um einen neuen Kunden zu treffen. Der Handel mit Kautschuk, den man für die Gummiherstellung benötigte, florierte. Es wurde aus Südamerika verschifft und landete im Hamburger Zollhafen. Die Lager waren gut gefüllt, die Makler wickelten reichlich Geschäfte ab, die Auftragsbücher waren voll. Heinrich Kraft galt als erfolgreicher Geschäftsmann und genoss das Ansehen der Hamburger Honoratioren.

Schwungvoll öffnete Lore die Tür zum Kontor und trat ein. »Moin, Herr Aldenhoven«, rief sie gut gelaunt.

Gideon Aldenhoven, der Prokurist, sah überrascht auf. Er vertrat Heinrich Kraft, wenn dieser auf einer seiner vielen Reisen war. Obwohl er noch so jung war, vertraute ihm Heinrich Kraft und hielt große Stücke auf ihn.

»Guten Morgen, Fräulein Kraft«, sagte er mit ruhiger Stimme, schaute nur kurz auf, senkte dann den Kopf wieder über das Buch, in dem er lange Zahlenkolonnen eintrug.

Lore wusste, dass sich seine Wangen rot färbten. Das taten sie immer, wenn sie den Raum betrat. Gideon Aldenhoven war ein junger Mann von siebenundzwanzig Jahren, mit schwarzem Haar, das wunderschön glänzte. Seine blauen Augen waren dunkel und aufmerksam. Ihm entging nichts. Zwar gehörte seine Familie nicht zu den reichen Familien in Hamburg, sondern lebte auf einem Bauernhof in der Nähe von Lübeck, doch er war sehr weltgewandt, gut aussehend, mit perfekten Umgangsformen und ein fleißiger Mitarbeiter. Das behauptete zumindest ihr Vater immer.

Lore mochte ihn, sehr sogar. Sie war in der letzten Zeit öfter hier im Kontor erschienen, weil sie sich für die Arbeit interessierte, die Gideon erledigte, und er gab ihr bereitwillig Auskunft. Es schien ihm Spaß zu bereiten, Lore über die Arbeit im Kontor auf dem Laufenden zu halten und sie einzuarbeiten.

»Haben Sie etwas von meinem Vater gehört?«, fragte Lore, raffte die Röcke ihres rosafarbenen Kleides, in dem sie besonders hübsch aussah, und lehnte sich neben Gideon an den Schreibtisch, an dem er saß. Es war eine forsche Geste, aber so war Lore nun mal, jung und ungestüm, willensstark und zielstrebig. Alles Attribute, die so gar nicht zu einer Frau passten, die dazu erzogen wurde, einmal einen Mann der feinen Gesellschaft zu heiraten und ihm eine gute und fügsame Ehefrau zu sein.

»Tut mir leid, Fräulein Kraft, noch nicht. Aber er ist ja auch erst einen Tag fort.«

»Sie sollen mich doch Lore nennen«, verlangte sie mit einem Lächeln auf den Lippen und nahm ihren großen Strohhut ab, der mit bunten Blüten verziert war.

»Das kann ich nur, wenn Ihr werter Herr Vater nicht zugegen ist«, erklärte er und sah zu ihr auf.

»Sehen Sie ihn denn hier irgendwo?« Sie klimperte mit den langen dunklen Wimpern.

»Nein natürlich nicht … Fräulein Lore«, kam ihm

zögerlich über die Lippen. Er sah sie geradeheraus an. Auch wenn er schüchtern war, so zeigte er stets Rückgrat. Lore mochte es, ihn in Verlegenheit zu bringen und doch wünschte sie sich, dass er endlich mal von den ausgetretenen Pfaden abwich und etwas Unüberlegtes tat. Sie vielleicht einlud, oder gar küsste. Was sehr verwegen wäre.

»Ich werde Sie Gideon nennen. Ich mag Ihren Namen. Was machen Sie denn da Schönes?« Lore lehnte sich vor und blickte auf die Seiten des dicken Buches.

»Das nennt man doppelte Buchführung. Schauen Sie, hier trage ich die Einnahmen ein, die werden auf zwei verschiedenen Konten erfasst, einmal im Soll und auch im Haben. Unter dem Strich muss auf beiden Seiten das Gleiche herauskommen, sonst stimmt die Buchführung nicht. Also, so … grob erklärt. Das wird dann später von den Schreibkräften abgetippt.« Mit dem Bleistift hatte er ihr bestimmte Punkte gezeigt, es so vermieden, sie dabei anzusehen.

»Und was ist das hier?«, fragte sie und zeigte auf eine andere Spalte.

»Das sind die Ausgaben. Die werden nach ihrer Art aufgeteilt. Wir haben ja nicht nur den Wareneinkauf, sondern auch Kosten für die Verschiffung, den Weitertransport …«

»Die Verpackung und die Makler, die Löhne der Angestellten«, fiel Lore ihm ins Wort.

»Ganz genau. Sie interessieren sich für Buchführung, Fräulein Lore?«

Nun sah er sie aufmerksam an und Lore nickte heftig. »Ja, das tue ich, nur verstehe ich noch zu wenig davon. Aber ich will es lernen, denn irgendwann werde ich die Firma übernehmen müssen.«

»Sie wollen die Firma übernehmen?«, fragte Gideon überrascht.

»Ja, natürlich. Papa hat keinen männlichen Erben.« Das war ihm ja wohl bekannt.

»Ich könnte es Ihnen zeigen und versuchen beizubringen. Obwohl, ich weiß nicht, ob es Ihrem Vater recht wäre.« Er fuhr sich unsicher über seinen Nasenrücken und räusperte sich.

Lore winkte ab. »Wenn wir es ihm nicht erzählen, wird er es nicht erfahren«, sagte sie verschwörerisch. »Ich werde Sie ganz bestimmt nicht verraten, lieber Gideon.« Sie legte ihre Hand auf seine Schulter und spürte die Wärme seiner Haut. Sie kam ihm gerne so nah. Er roch so gut nach Rasierwasser.

Er sah sie zweifelnd an. »Ich weiß nicht so recht.«

»Gideon! Ich bin das einzige Kind meines Vaters. Wer soll denn einmal das alles hier übernehmen? Er wird nicht jünger und auch wenn es meinem Vater nicht gefällt, ich bin seine einzige Erbin. Also muss ich etwas lernen, ob ich will oder nicht. Und ich will ja. Es wäre mir ein Graus, wenn ich *nur* die Frau an der Seite eines Mannes wäre und sonst nichts. Immer mehr Frauen gehen einem Beruf nach und ich habe nicht die Schule besucht und mein Abitur gemacht, um nur Kinder in die Welt zu setzen.«

Sie blickte ihn so voller Enthusiasmus an, dass Gideon nach kurzem Zögern nickte. »Sie haben sehr moderne Vorstellungen, Fräulein Lore, was ich sehr zu schätzen weiß. Ich weiß nur nicht, ob Ihr Vater es gutheißen wird, aber Sie wissen sicherlich, dass Sie das Kontor nicht übernehmen können, liebe Fräulein Lore.« Er sah sie traurig an und als Lore keine Anstalten machte von ihrem Vorhaben abzuweichen, nickte er. »Gut, wenn Sie es so wollen.«

»Ich will es, Gideon. Sehr sogar.« Dabei blickte sie ihm tief in die Augen, dass seine Wangen sich erneut röteten.

»Was halten Sie davon, wenn Sie heute Abend zum Essen zu uns kommen? Dann können wir uns weiter über dieses so interessante Thema Buchführung unterhalten«, schlug Lore vor und strich eine ihrer brünetten Haarsträhnen hinter ihr Ohr. Sie trug ihr Haar zu einem Knoten hochgesteckt und wusste sehr genau, wie diese Geste auf Männer wirkte.

»Oh, ich bin mir nicht sicher …«, stammelte Gideon. Schon wieder. Er war äußerlich ein sehr attraktiver Mann, doch ihm fehlte es wohl ein wenig an Selbstvertrauen.

»Machen Sie sich keine Sorgen, mein lieber Gideon. Es wird natürlich eine Anstandsdame zugegen sein. Berta, meine Erzieherin, wird mit uns essen.«

Sie sah, wie Gideon erleichtert ausatmete. »Wenn das so ist, dann sehr gern, Fräulein Lore.«

»Ich erwarte Sie um halb acht.« Sie wandte sich zur Tür und gerade, als sie nach der Klinke griff, wurde sie von außen aufgerissen.

Peter Sandberg, der Vorarbeiter im Lager, betrat den Raum und blickte Lore erstaunt an. »Moin, Fräulein Kraft.«

»Guten Morgen und einen schönen Tag, die Herren«, rief sie mit heller Stimme und verschwand gut gelaunt.

»Na, die Deern wird auch immer hübscher, nicht wahr, Aldenhoven?«, sagte Sandberg und lachte laut auf, während er sich am Hinterkopf kratzte. »Die neue Ladung ist gelöscht und kann zum Weitertransport verladen werden.«

Fröhlich kam Lore in der Villa am Harvestehuder Weg an und legte ihren Hut und Sonnenschirm ab.

»Wo bist du gewesen?«

Die strenge Stimme zauberte Lore ein Lächeln auf die Lippen.

»Eleonore! Ich möchte nicht, dass du alleine durch die Stadt läufst.« Wenn Berta Clasen Lores Taufnamen benutzte, wollte sie besonders streng wirken, doch Lore wusste, dass diese Frau alles andere als ein Hausdrachen war. Sie war eine Seele von Mensch und liebte Lore wie eine Tochter. Selbst ihr strenger Vater, der selten ein gutes Wort für andere übrig hatte, weil er nur sich selbst für vollkommen hielt, mochte Berta. Sehr sogar. Lore hatte ihn schon mehrmals dabei beobachtet, wie er Berta über die Hand gestrichen hatte, sie jedoch schnell wegzog, als Lore den Raum betrat. Aber sie hatte es gesehen, weil sie ihre Augen überall hatte und eine schnelle Auffassungsgabe besaß. Auch duzten sich die beiden, sobald niemand anderer im Raum anwesend war. All diese Dinge blieben

Lore nicht verborgen, doch ihr wäre nicht im Traum eingefallen, ihren Vater danach zu fragen, was das zu bedeuten hatte.

»Ich war doch nur kurz im Kontor«, erklärte Lore und strahlte. »Wir haben heute Abend einen Gast. Herr Aldenhoven wird mit uns essen.«

»Du hast ihn eingeladen?«, fragte Berta überrascht und folgte Lore in den Salon.

Der elegante Raum war ganz in Gold- und Beigetönen gehalten. Ganz anders, als es zurzeit Mode war. Da herrschten dunkle Töne vor, doch Berta hatte ihn hell einrichten lassen. Obwohl es als Erzieherin nicht zu ihren Aufgaben gehörte, hatte sie eine Menge Tätigkeiten einer Hausdame übernommen, die eher von einer Ehefrau hätten ausgeführt werden müssen. Da Lores Mutter bei ihrer Geburt gestorben war und Heinrich Kraft nicht wieder geheiratet hatte, gab es niemand, der diese Aufgabe hätte übernehmen können. Heinrich war nach dem Tod seiner Frau von Bremen aus nach Hamburg gezogen, wo er viele geschäftliche Kontakte pflegte und hatte sich dort niedergelassen. Nicht nur Heinrich war froh, Berta im Haus zu haben, auch Lore liebte diese ruhige und warmherzige Frau.

Lore ließ sich laut seufzend auf das Sofa fallen. »Natürlich habe ich ihn eingeladen. Oder glaubst du, er hat es selbst getan?« Sie grinste bei dem Gedanken an den schüchternen Mann. »Dafür ist er viel zu gut erzogen.«

»Aber wie kommst du dazu?«, fragte Berta und setzte sich mit geraden Rücken zu ihr. »Setz dich aufrecht hin, mein Kind, sonst bekommst du einen krummen Rücken«, wies sie Lore zurecht.

»Herr Aldenhoven ist ein sehr fleißiger Mitarbeiter, den Papa sehr schätzt. Ich finde, wir sollten einen guten Kontakt zu ihm halten, solange Papa nicht im Haus ist, findest du nicht auch?« Berta musste ja nichts davon erfahren, dass Lore die Absicht hatte, sich in die Arbeit der Buchführung einzuarbeiten und Aldenhoven ihr Lehrer sein sollte.

»Dann müssen wir Isolde Bescheid geben, damit sie eine größere Portion kocht. Sie liebt keine Überraschungen und wir wollen sie doch nicht verärgern.« Berta erhob sich und sah Lore aufmerksam an. »Dir gefällt dieser Mann, nicht wahr?«

Nun war es an Lore, die unter dem strengen Blick von Berta rote Wangen bekam. Sie hob gleichgültig die Schultern. »Er ist viel zu schüchtern«, gab sie vage zur Antwort, ohne wirklich auf die Frage einzugehen, doch Berta hatte sich bereits abgewandt, und steuerte auf die Küche zu, die im Tiefparterre lag.

»Ich werde mit Isolde das Essen besprechen und gebe Willa Bescheid, dass sie ein Gedeck mehr auflegt«, rief sie Lore zu, die es sich zufrieden auf dem Sofa bequem machte.

Welches Kleid sollte sie am Abend tragen? Es sollte ein ganz Besonderes sein, denn sie wollte auf jeden Fall Gideon Aldenhoven Aufmerksamkeit erregen und das nicht nur, wenn es um Buchführung ging. Das weiße Kleid war neu und stand ihr ausgesprochen gut. Dann könnte sie die passenden Schleifen ins Haar binden. Berta würde ihr bestimmt dabei helfen. Nur durfte sie nicht erfahren, wie es um Lore stand, die sich in den jungen Mann verliebt hatte, auch wenn er weit unter ihr stand. Doch das war Lore egal. Sie gab nicht viel auf Konventionen. Für Lore war es wichtiger, dass ein Mann ein gutes geschäftliches Verständnis hatte und dass er interessant war. Und genau diese Eigenschaften brachte Gideon Aldenhoven mit. Ja, sie würde das weiße Kleid tragen.

3. Kapitel

Hamburg, 10. Januar 2020
Bellevue

Berit Bartoll hatte am Rondeelkanal eine Wohnung im obersten Stock eines dreistöckigen Mehrfamilienhauses gemietet. Den Ausschlag für die Wahl dieser Wohnung hatte die große Dachterrasse gegeben. Noch war alles karg eingerichtet. Einige Kartons noch nicht ausgepackt, die Terrassenmöbel noch zur Seite geräumt. Aber Berit war sicher, dass sie sich hier sehr wohl fühlen würde.

Bellevue war eine kurze Straße in Hamburg, die Wohngegend nobel, der Blick auf den Kanal wunderschön. Nein, sie würde den Schritt nicht bereuen, die Villa zu verkaufen und hierhergezogen zu sein. Klein, aber fein war mehr ihre Devise. Die Kosten für das große Haus waren viel zu hoch. Sie freute sich schon auf die lauen Sommerabende, die sie hier auf der Terrasse verbringen würde. Wenn es warm genug war, konnte sie sogar hier draußen schreiben. Sie war von Beruf Autorin für Belletristik und ihr Arbeitszimmer war der einzige Raum, der bereits fertig eingerichtet war, neben dem Wohnzimmer mit der offenen Küche.

Seufzend wandte sie sich vom Fenster ab und ihr Blick fiel auf das bunte Kästchen, das sie im Keller der Villa gefunden hatte. Es stand schon einige Tage auf der Anrichte, unberührt.

Es war schon Nachmittag, sie hatte keine Lust an ihrem neuen Roman zu arbeiten und setzte eine Kanne Kaffee auf. Heute würde sie sich ihrem Kellerfund widmen. Den Briefen, die sie im Inneren der kleinen Kiste gefunden hatte. Sie mussten wichtig sein, sonst hätte ihre Mutter sie nicht aufbewahrt.

Mit der warmen Tasse machte sie es sich im Wohnzimmer gemütlich. Sie hatte den Kamin schon früh angezündet, der jetzt eine angenehme Wärme verbreitete. Die gute Stube hatte sie bereits vollständig eingerichtet und Berit machte es sich auf dem breiten, modernen Sofa bequem, legte die Füße hoch und bedeckte sie mit einer Decke. Heute wehte eine frische Brise, es war so empfindlich kalt, dass dicke Tropfen aus den tief hängenden Wolken fielen. Jedoch war von Schnee nichts zu sehen.

Als Berit gerade nach einem der Brief langte, klingelte es.

Überrascht machte sie sich auf zur Tür und blickte durch den Spion, doch niemand war zu sehen. Daher nahm sie den Hörer der Türsprechanlage ab und ein Bild wurde auf dem

Display sichtbar. Das Haus war neu und mit viel Schnickschnack ausgestattet, zum Beispiel mit einer Kamera, die den Besucher vor dem Eingang zeigte, damit nicht jeder X-beliebige ins Haus gelangte.

»Ja, bitte?«, fragte sie, weil sie die Person nicht richtig sehen konnte.

»Bitte entschuldigen Sie, Frau Bartoll. Nathan Dietzel hier. Ich müsste Sie noch einmal kurz sprechen.« Er hob jetzt seinen Kopf und unter der Mütze kam sein feingeschnittenes Gesicht zum Vorschein.

»Kommen Sie hoch. In die 3. Etage«, rief sie und drückte den Türöffner.

Oben an der Tür erwartete Berit ihn und sah Dietzel fragend entgegen.

»Ich hoffe, ich störe Sie nicht«, erklärte er atemlos, weil er jeweils zwei Stufen auf einmal genommen hatte.

»Nein, auf keinen Fall. Bitte, kommen Sie doch rein.« Berit reichte ihm die Hand und zog ihn quasi in die Wohnung. Sie wollte nicht, dass die Nachbarn mitbekamen, dass sie Männerbesuch bekam. Auch wenn es nur geschäftlich war. Sie wollte einfach verhindern, dass man über sie redete.

Etwas unentschlossen stand Dietzel im Flur.

»Bitte kommen Sie doch näher. Darf ich Ihnen eine Tasse Kaffee anbieten? Ich habe gerade eine frische Kanne aufgesetzt«, bot Berit an und ging vor. Nathan folgte ihr, sah sich neugierig um.

»Gerne, aber nur, wenn ich Sie wirklich nicht störe …

schön haben Sie es hier. Eine sehr ansprechende Wohnung, mit einem überwältigenden Ausblick. Und die Dachterrasse ist ein Blickfang.« Nathan setzte seine Mütze ab, zog den Mantel aus.

Sein Blick streifte die weißen Möbel mit klarer Linie, die gemütliche dunkelgraue Couch, mit dem Tisch, passend zum Wohnzimmerschrank. Die Tapete hatte ein dezentes graues Muster und an der Wand hing nur ein großes Bild, das eine Strandszene zeigte, die im Nebel lag und graublaue Elemente innehatte. Berit war seinem Blick gefolgt.

»Warten Sie, ich nehme Ihnen das ab.« Sie nahm Mantel und Mütze entgegen und ging kurz in den Flur, hängte die Sachen an die Garderobe.

Danach schüttete sie eine weitere Tasse Kaffee ein. Sie benutzte das gute Geschirr von Villeroy & Boch. Es war das Geschirr ihrer Eltern, ihrer Kindheit. Sie liebte die Grüntöne der Efeuranken und des Mosaikdekors. Ihre Mutter hatte es gesammelt und es war eines der wenigen Dinge, die nicht aussortiert worden waren.

»Bitte nehmen Sie doch Platz, Herr Dietzel.«

Er sah sie an, während er auf dem breiten Sofa Platz nahm und sagte dann leise: »Nathan, wenn Sie mögen.«

»Oh, gerne. Ich bin Berit.«

»Scheinbar habe ich Sie doch gestört.« Nathan blickte auf den Stapel an Briefen, die auf dem Tisch verteilt lagen. »Sie haben gelesen?«, fragte er, während er einen Schluck von dem Kaffee trank.

»Nein, haben Sie wirklich nicht. Ich habe noch nicht

einmal angefangen. Es sind Briefe, die ich im Keller meines Elternhauses gefunden habe. Möchten Sie Milch oder Zucker zu Ihrem Kaffee?«, fragte sie schnell.

Er schüttelte den Kopf. »Nein danke, ich trinke ihn schwarz. Wie meine Seele.« Bei diesem Satz lächelte er und Berit sah, wie sich seine Augen verwandelten. Sie sprühten formlich vor Witz und sahen so einnehmend aus, dass sie Angst davor bekam, in deren Tiefen zu versinken.

Sie saßen nebeneinander, aber mit gebührlichem Abstand. Trotzdem fühlte Berit die Wärme, die von ihm ausging oder bildete sie sich das nur ein? Sie setzte sich seitlich, machte es sich bequem, um ihn besser ansehen zu können.

»Ich denke nicht, dass gerade Sie eine schwarze Seele haben.« Sie lächelte ebenfalls und strich sich eine brünette Haarsträhne über die Schulter. Er folgte ihrer Bewegung mit seinem Blick. Seine hellblauen Augen waren sehr schön, die gut zu dem schwarzen Haar passten. Einzelne Strähnen wellten sich leicht, vermutlich von der Feuchtigkeit, die draußen herrschte.

»Was sind das für Briefe?«, fragte er und deutete mit der Tasse auf den Tisch.

»Ich habe selbst keine Ahnung. Vermutlich stammen sie von meiner Großmutter. Ich habe sie beim Ausmisten des Hauses gefunden und mitgenommen. Es war eine Eingebung. Möglicherweise sind es kitschige Liebesbriefe.« Sie lachte verlegen.

»Finden Sie Liebesbriefe kitschig?«, fragte er nach.

Berit hätte Nathan nicht für einen Mann gehalten, der sich für Liebesbriefe interessierte.

Sie hob die Schultern. »Keine Ahnung. Ich habe bisher weder einen erhalten noch je einen geschrieben. Aber ich glaube, früher war so etwas wohl in Mode.«

»Wollen wir einen gemeinsam lesen?«, wagte Berit sich vor, dabei fiel ihr ein, dass sie gar nicht wusste, warum Nathan sie überhaupt aufsuchte. Bevor er antworten konnte, fragte sie deshalb schnell: »Weshalb sind Sie überhaupt hier?«

»Oh, bitte entschuldigen Sie, wie unhöflich von mir … Sie haben vergessen, mir die Blaupausen des Hauses zu überlassen. Ich hoffe, dass ich dort die Angaben über Größe und so weiter entnehmen kann, um den Verkaufsentwurf aufzusetzen.«

Berit schlug sich mit der flachen Hand gegen die Stirn. »Natürlich, wie dumm von mir. Ich habe sie in meiner Handtasche.« Sie wollte sich erheben, doch er hielt sie auf.

»Gerne würde ich erst einen der Briefe mit Ihnen gemeinsam lesen. Ich interessiere mich sehr für historische Dinge. Aber nur, wenn es Ihnen nichts ausmacht, denn ich möchte nicht aufdringlich erscheinen.«

»Wenn es mir etwas ausmachen würde, hätte ich es Ihnen nicht angeboten. Ich freue mich über Ihren Besuch, denn ich habe selten Gäste, also wenn Sie keine anderweitigen Verpflichtungen haben, können wir uns gerne der Vergangenheit widmen. Ich habe sogar noch Kuchen für uns, wenn Sie mögen.« Sie erhob sich und ging hinüber in die offene Küche.

Nathan folgte ihr, half, die Teller mit jeweils einem Kuchenstück ins Wohnzimmer zu tragen.

»Ich liebe Apfelkuchen«, gab er zu.

»Ich auch«, erklärte sie und lächelte ihn wieder an. Er war ihr sehr sympathisch, keine Frage. Sie genoss seine Gesellschaft. Insgeheim beglückwünschte sie sich, dass sie dem Rat ihrer Freundin Birgit Holm gefolgt war. Sie hatte ihr Nathan Dietzel als Anwalt empfohlen. Birgit hatte einmal für ihn gearbeitet, bevor sie ihre Stelle aufgab, weil sie einen Reeder geheiratet hatte, und nun in dessen Firma mitarbeitete. Sie hatte ihn als ausgesprochenen fairen Chef und charmanten Mann beschrieben und wie sich nun herausstellte, hatte Birgit nicht übertrieben.

»Hm, der ist ja sogar selbstgebacken«, stellte er fest und schob sich direkt eine weitere Gabel in den Mund.

»Klar, Backen gehört zu meinen Hobbys«, erzählte Berit.

»Was machen Sie eigentlich beruflich?«, wollte Nathan wissen und sah sie fragend an.

»Ich bin Autorin.«

»Was? Wirklich? Habe ich schon mal etwas von Ihnen gelesen?«

»Nur wenn Sie Frauenliteratur mögen. Ich schreibe historische Belletristik, meist große Familienromane.«

Er presste entschuldigend die Lippen zusammen.

»Damit kann ich leider nicht dienen. Ich lese eher Krimis oder natürlich Fachliteratur.«

»Ich mag Männer, die lesen«, gab sie zu und wurde jetzt auch noch rot. Warum eigentlich? Es entsprach der Wahrheit und schließlich hatte er ihr auch schon Komplimente gemacht. »Wirklich. Ich habe in meinem Umfeld kaum Menschen, die lesen.« Ihre Stimme hatte einen traurigen Ton angenommen, sie räusperte sich.

»Schreiben Sie unter Ihrem richtigen Namen oder benutzen Sie ein Pseudonym?«

»Berit Johannsen. Es ist der Mädchenname meiner Mutter. Ich wollte nicht meinen Namen benutzen, um meine Kinder zu schützen. Man weiß nie, was den Menschen so einfällt.«

»Da haben Sie recht. Ich habe mit immer mehr Fällen zu tun, die mit Verleumdung und übler Nachrede im Internet zu tun haben. Das Netz bringt eben nicht nur gute Dinge in uns zum Vorschein.«

»Wollen Sie den ersten Brief vorlesen?«, fragte Berit und stellte den leeren Teller auf dem niedrigen Tisch ab.

Nathan nickte und griff zu dem Umschlag, der bereits auf dem Tisch lag. »Das ist ein Feldpostbrief. Die wurden im Krieg verschickt. Wussten Sie, dass im 1. Weltkrieg mehr als achtundzwanzig Milliarden Briefe versendet wurden? Es war eine Zeit, wo der Brief noch hoch in Kurs stand, das ist ja heute ganz anders. Ist das der erste Brief?«, fragte er nach und besah sich den Umschlag genau, prüfte den Poststempel.

»Oh, das weiß ich gar nicht. Ich habe einfach einen herausgegriffen.«

»Wir sollten vielleicht chronologisch vorgehen, oder?«, schlug er vor, griff nach der Schatulle und holte alle Briefe heraus. Es waren acht an der Zahl. »Wir werden Sie dem Datum nach sortieren.«

Mit geübten Handgriffen sortierte er die Briefe. »Dieser hier ist der erste Brief.« Er hielt einen hoch.

»Dann lassen Sie uns starten.« Berit sah ihn erwartungsvoll an.

tresjoli
Tessa
ALBERTI
Die
STUNDE
unserer
Träume
DIE HAMBURG-SAGA

Printed in Poland
by Amazon Fulfillment
Poland Sp. z o.o., Wrocław

50191749R00104